张国奎 ◎ 编著

妙语连珠

民主与建设出版社
·北京·

图书在版编目（CIP）数据

妙语连珠 / 张国奎编著. -- 北京：民主与建设出版社，2025. 5. -- ISBN 978-7-5139-5000-8

Ⅰ. I207. 2-49；H0-49

中国国家版本馆 CIP 数据核字第 20253AY870 号

妙语连珠
MIAOYU LIANZHU

编　　著	张国奎	
责任编辑	刘树民	
封面设计	智灵童	
出版发行	民主与建设出版社有限责任公司	
电　　话	（010）59417749　59419778	
社　　址	北京市朝阳区宏泰东街远洋万和南区伍号公馆 4 层	
邮　　编	100102	
印　　刷	优奇仕印刷河北有限公司	
版　　次	2025 年 5 月第 1 版	
印　　次	2025 年 7 月第 1 次印刷	
开　　本	880mm×1230mm　　1/32	
印　　张	4.5	
字　　数	100 千字	
书　　号	ISBN 978-7-5139-5000-8	
定　　价	49.80 元	

注：如有印、装质量问题，请与出版社联系。

前言

　　我们常被纷繁的世事裹挟，于是，内心渴望着诗意与远方，期盼着能从日常琐碎里寻得智慧的启迪、情感的共鸣。《妙语连珠》恰似一位知心挚友，以独特的方式将生活万象与古今智慧紧密相连，为我们带来一场奇妙的文字体验。

　　本书的独特魅力在于它精心搭建起一座古今对话的桥梁。在书中，每一个生活场景、每一种情感体验，都有与之契合的古诗相映成趣。白话的生动鲜活，细腻地描绘出生活中那些稍纵即逝的瞬间和难以言说的情愫；古诗的典雅凝练，穿越时空，用古人的智慧为这些现代感悟赋予深厚的文化底蕴。当我们读到"那些夜不能寐的焦虑，都在为黎明铺路"时，"不经一番寒彻骨，怎得梅花扑鼻香"这句古诗便顺势而来，将奋斗途中的艰辛与希望展现得淋漓尽致，让我们从古人的经历中汲取智慧与力量。

无论是砥砺奋进的时刻，还是沉浸在儿女情长之中；无论是踏上充满未知的旅途，还是在田园间享受宁静的时光，书中的文字都能精准地捕捉到我们内心的情感。它宛如一面镜子，映照出生活的丰富多彩；又似一盏明灯，在迷茫时刻为我们指引方向。

　　翻开《妙语连珠》，就如同打开了一个装满宝藏的锦盒。每一页都是生活的切片，每一段文字都是心灵的慰藉。在快节奏的现代生活中，愿这本书成为你的心灵栖息地，让你在古今交融的文字海洋中，品味生活的美好，收获成长的感悟，找到属于自己的那份宁静与力量。

目录

腹有诗书气自华，
让你脱颖而出的高级表达。

1. 不说"我很想你"，要说"日日思君不见君"

2. 不说"很有才"，要说"腹有诗书气自华"

3. 想说"我不是普通人"，就说"仰天大笑出门去，我辈岂是蓬蒿人"

4. 想写"果树"，就写"卜邻近三径，植果盈千树"

5. 想夸"你真有毅力"，就夸"千磨万击还坚劲，任尔东西南北风"

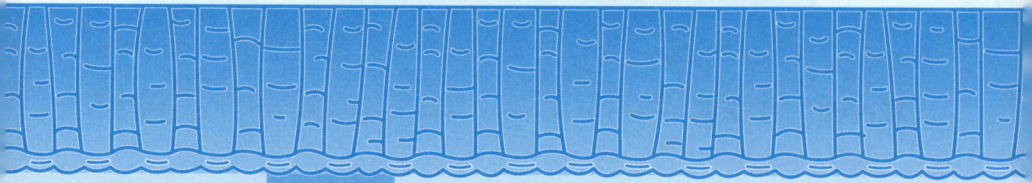

第一章
闲趣篇

　　生活中的美好，常常隐藏在那些琐碎的小事与平凡的瞬间里。泡一碗方便面时蒸汽的升腾、在公园喂鸽子的欢乐、临摹古帖时与古人的对话，都能带来无尽的乐趣。让我们在这一章中，寻觅生活中的闲趣，品味人间清欢，发现那些被忽略的幸福点滴。

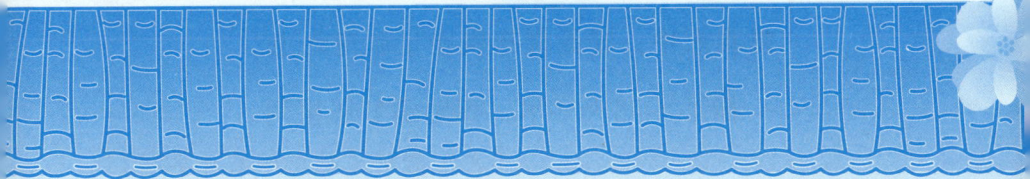

妙语连珠

白话 悠闲地坐在窗边，在小纸上随意地练字，看着茶盏里的泡沫在水面上翻腾。

古诗文 矮纸斜行闲作草，晴窗细乳戏分茶。

（南宋·陆游《临安春雨初霁》）

白话 等待朋友，一直等到半夜，朋友还没来，无聊之下轻轻敲着棋子，看着灯花噼里啪啦地掉落。

古诗文 有约不来过夜半，闲敲棋子落灯花。

（南宋·赵师秀《约客》）

白话 惬意地窝在床上看书，或是站在门口欣赏雨景，眼前的景象美得如同壁纸。

古诗文 枕上诗书闲处好，门前风景雨来佳。

（宋·李清照《摊破浣溪沙·病起萧萧两鬓华》）

白话 喝醉之后躺在船上，迷迷糊糊，分不清是天空倒映在水中，还是自己飘在了银河之上。

古诗文 醉后不知天在水，满船清梦压星河。

（元·唐珙《题龙阳县青草湖》）

白话 ▶ 燕子在屋檐下自由自在地穿梭，水鸟在湖面上成双成对地嬉戏。

古诗文 ▶ 自去自来堂上燕，相亲相近水中鸥。

（唐·杜甫《江村》）

白话 ▶ 路过竹林寺院时，与僧人交谈，这才发现偷得半日清闲的时光是如此美好。

古诗文 ▶ 因过竹院逢僧话，又得浮生半日闲。

（唐·李涉《题鹤林寺僧舍》）

白话 ▶ 用井水漱口，换上干净的衣服，整个人都感觉清爽又舒适。

古诗文 ▶ 汲井漱寒齿，清心拂尘服。

（唐·柳宗元《晨诣超师院读禅经》）

白话 ▶ 心里没有烦心事，那么每一天都是美好的日子。

古诗文 ▶ 若无闲事挂心头，便是人间好时节。

[宋·无门慧开禅师《颂（春有百花秋有月）》]

妙语连珠

白话 ▶ 鸟儿都高飞远去，消失得无影无踪，只剩下一朵白云悠悠地飘浮着。

古诗文 ▶ 众鸟高飞尽，孤云独去闲。

（唐·李白《独坐敬亭山》）

白话 ▶ 喝着茶，品尝着盘中的蒌蒿蒿笋等春菜，感受着春天的味道，享受美食带来的快乐。

古诗文 ▶ 雪沫乳花浮午盏，蒌蒿蒿笋试春盘。

（北宋·苏轼《浣溪沙·细雨斜风作晓寒》）

白话 ▶ 雨滴打不灭灯笼，风吹反而让它更亮。想象这灯笼要是飞到天上，定能成为月亮旁边的星星。

古诗文 ▶ 雨打灯难灭，风吹色更明。若飞天上去，定作月边星。

（唐·李白《咏萤火》）

白话 ▶ 元宵节时，全城灯火通明，无数的花灯点亮夜空，好像银河落到了人间。

古诗文 ▶ 千门开锁万灯明，正月中旬动帝京。

（唐·张祜《正月十五夜灯》）

白话 云朵羡慕她的衣裳，花儿嫉妒她的美貌，春风吹拂，更显她的风华绝代。

古诗文 云想衣裳花想容，春风拂槛露华浓。

(唐·李白《清平调·其一》)

白话 围坐在红泥小火炉旁，喝着新酿的米酒，温暖又惬意，氛围十分美好。

古诗文 绿蚁新醅酒，红泥小火炉。

(唐·白居易《问刘十九》)

白话 弹奏琵琶时，大弦的声音像暴雨般急促，小弦的声音像人在低声细语。

古诗文 大弦嘈嘈如急雨，小弦切切如私语。

(唐·白居易《琵琶行》)

白话 少年时光易逝，学习却不容易，每一寸光阴都不可轻视。

古诗文 少年易老学难成，一寸光阴不可轻。

(宋·朱熹《劝学诗》)

妙语连珠

白话 ▶ 不要以为下山就轻松，往往会让人产生错误的判断。

古诗文 ▶ 莫言下岭便无难，赚得行人错喜欢。

（宋·杨万里《过松源晨炊漆公店·其五》）

白话 ▶ 如果每天能吃三百颗荔枝，就算在岭南定居也愿意。

古诗文 ▶ 日啖荔枝三百颗，不辞长作岭南人。

（北宋·苏轼《惠州一绝》）

白话 ▶ 检验玉石需要长时间火烧，辨别木材也需多年时间。看人同样不能仓促，要经时间考验。

古诗文 ▶ 试玉要烧三日满，辨材须待七年期。

（唐·白居易《放言五首·其三》）

白话 ▶ 小孩子划着小船，偷偷去采摘白莲。

古诗文 ▶ 小娃撑小艇，偷采白莲回。

（唐·白居易《池上》）

白话 ▶ 九月初三的夜晚，露珠像珍珠一样晶莹，月亮弯弯如弓，景色十分迷人。

古诗文 ▶ 可怜九月初三夜，露似真珠月似弓。

（唐·白居易《暮江吟》）

白话 ▶ 早晨，画栋飞檐间有南浦的云飘过；傍晚，卷起珠帘，西山的雨正下个不停。

古诗文 ▶ 画栋朝飞南浦云，珠帘暮卷西山雨。

（唐·王勃《滕王阁序》）

白话 ▶ 乐声忽而如玉碎般清脆，忽而嘹亮，忽而又哭泣，富有情感。

古诗文 ▶ 昆山玉碎凤凰叫，芙蓉泣露香兰笑。

（唐·李贺《李凭箜篌引》）

白话 ▶ 兴致高涨时挥笔写作，感觉文章能撼动五岳，写完后豪情满怀，有笑傲沧海的气概。

古诗文 ▶ 兴酣落笔摇五岳，诗成笑傲凌沧洲。

（唐·李白《江上吟》）

妙语连珠

白话▶ 漫步到水的尽头，便坐下来看云卷云舒，悠然自得。

古诗文▶ 行到水穷处，坐看云起时。

（唐·王维《终南别业》）

白话▶ 柳树好像用碧玉装扮而成，千万条柳枝垂下，如绿色的丝绦随风飘舞。

古诗文▶ 碧玉妆成一树高，万条垂下绿丝绦。

（唐·贺知章《咏柳》）

白话▶ 夏夜躺在地上，看着牛郎织女星，思绪万千。

古诗文▶ 天阶夜色凉如水，卧看牵牛织女星。

（唐·杜牧《秋夕》）

白话▶ 风能吹落秋天的树叶，也能吹开春天的花朵，展现出大自然的神奇力量。

古诗文▶ 解落三秋叶，能开二月花。

（唐·李峤《风》）

白话▶ 溪边的小草惹人喜爱，树上的黄鹂叽叽喳喳地叫着，构成了一幅生机勃勃的画面。

古诗文▶ 独怜幽草涧边生，上有黄鹂深树鸣。

（唐·韦应物《滁州西涧》）

白话▶ 春雨滋润万物，让花草焕然一新，春雷响起，惊醒了沉睡的小动物，宣告春天的到来。

古诗文▶ 微雨众卉新，一雷惊蛰始。

（唐·韦应物《观田家》）

白话▶ 晴天时西湖波光粼粼，雨天时山色朦胧，两种景色都美不胜收。

古诗文▶ 水光潋滟晴方好，山色空蒙雨亦奇。

（北宋·苏轼《饮湖上初晴后雨二首·其二》）

白话▶ 冬天的太阳温暖地照着屋子的角落，让人感到格外舒适。

古诗文▶ 杲杲冬日出，照我屋南隅。

（唐·白居易《负冬日》）

妙语连珠

白话 ▶ 清晨起来去田间除草，一直忙碌到月亮升起才扛着锄头回家。

古诗文 ▶ 晨兴理荒秽，带月荷锄归。

(东晋·陶渊明《归园田居·其三》)

白话 ▶ 秋夜，烛光摇曳，拿着小扇子扑捉萤火虫，充满了童趣。

古诗文 ▶ 银烛秋光冷画屏，轻罗小扇扑流萤。

(唐·杜牧《秋夕》)

白话 ▶ 时光匆匆，不知不觉中樱桃红了，芭蕉绿了。

古诗文 ▶ 流光容易把人抛，红了樱桃，绿了芭蕉。

(宋·蒋捷《一剪梅·舟过吴江》)

白话 ▶ 彩虹像两条彩色的绒线挂在天空，美丽得如同童话中的景象。

古诗文 ▶ 谁把青红绒两条，半红半紫挂天腰。

(清·乾隆《彩虹》)

白话 ▶ 秋天，树木都染上了秋色，夕阳的余晖洒在群山上，一片金黄。

古诗文 ▶ 树树皆秋色，山山唯落晖。

（唐·王绩《野望》）

白话 ▶ 青苔爬上了台阶，使台阶一片翠绿，草色映入窗帘，让室内也充满绿意。

古诗文 ▶ 苔痕上阶绿，草色入帘青。

（唐·刘禹锡《陋室铭》）

白话 ▶ 溪柴烧得暖烘烘的，毛毯软软的，和猫咪一起宅在家里，十分惬意。

古诗文 ▶ 溪柴火软蛮毡暖，我与狸奴不出门。

（南宋·陆游《十一月四日风雨大作二首·其一》）

白话 ▶ 读书能让人收获很多，书就像宝藏一样，里面什么都有。

古诗文 ▶ 男儿欲遂平生志，六经勤向窗前读。

（宋·赵恒《劝学诗》）

妙语连珠

白话▶ 写作时应该自由表达，不要被旧规矩束缚，按照自己的想法创作才畅快。

古诗文▶ 我手写我口，古岂能拘牵！

（清·黄遵宪《杂感·大块凿混沌》）

白话▶ 江边人来人往，大家都喜爱美味的鲈鱼。

古诗文▶ 江上往来人，但爱鲈鱼美。

（宋·范仲淹《江上渔者》）

白话▶ 山涧中能看到松竹的倒影，池塘里能闻到荷花的香气。

古诗文▶ 涧影见松竹，潭香闻芰荷。

（唐·孟浩然《夏日浮舟过陈大水亭》）

白话▶ 去年今天在这个地方，姑娘的脸和桃花一样红。

古诗文▶ 去年今日此门中，人面桃花相映红。

（唐·崔护《题都城南庄》）

白话 ▶ 不是偏爱菊花，而是菊花凋谢后就很少有花可赏了。

古诗文 ▶ 不是花中偏爱菊，此花开尽更无花。

（唐·元稹《菊花》）

白话 ▶ 担心花儿在夜里睡着，于是点上蜡烛照亮它。

古诗文 ▶ 只恐夜深花睡去，故烧高烛照红妆。

（北宋·苏轼《海棠》）

白话 ▶ 母亲在家门口盼着孩子归来，孩子在外面辛苦奔波，母子间的相互牵挂令人感动。

古诗文 ▶ 慈母倚门情，游子行路苦。

（元·王冕《墨萱图·其一》）

白话 ▶ 高楼旁花开得正好，但想到国家的艰难处境，便没了赏花的心情。

古诗文 ▶ 花近高楼伤客心，万方多难此登临。

（唐·杜甫《登楼》）

妙语连珠

白话 ▶ 光看书是不够的，必须亲自去做，否则就只是纸上谈兵。

古诗文 ▶ 纸上得来终觉浅，绝知此事要躬行。

（南宋·陆游《冬夜读书示子聿》）

白话 ▶ 春风一吹，百花盛开，整个世界变得五彩斑斓。

古诗文 ▶ 等闲识得东风面，万紫千红总是春。

（宋·朱熹《春日》）

白话 ▶ 科举高中后，骑着马一天看遍长安的花，心情十分畅快。

古诗文 ▶ 春风得意马蹄疾，一日看尽长安花。

（唐·孟郊《登科后》）

白话 ▶ 以为前面没路了，没想到转角处又出现了新的天地。

古诗文 ▶ 山重水复疑无路，柳暗花明又一村。

（南宋·陆游《游山西村》）

白话▶ 小船在江面上快速行驶，两岸猿猴的叫声还在耳边，就已经穿过了无数座山。

古诗文▶ 两岸猿声啼不住，轻舟已过万重山。

（唐·李白《早发白帝城》）

白话▶ 登上碣石山眺望大海，大海波涛汹涌，十分壮观。

古诗文▶ 东临碣石，以观沧海。

（东汉·曹操《观沧海》）

白话▶ 登上泰山山顶，俯瞰四周，群山都显得很渺小。

古诗文▶ 会当凌绝顶，一览众山小。

（唐·杜甫《望岳》）

白话▶ 生活中无论大事小事，让自己舒适才是最重要的。

古诗文▶ 物情无巨细，自适固其常。

（唐·杜甫《夏夜叹》）

白话▶ 归心似箭，乘船飞速穿过峡谷，一心想着回到家乡。

古诗文▶ 即从巴峡穿巫峡，便下襄阳向洛阳。

（唐·杜甫《闻官军收河南河北》）

妙语连珠

白话 ▶ 到了苏州就像看到一个水上的世界，家家户户都挨着河，充满了浪漫的水乡风情。

古诗文 ▶ 君到姑苏见，人家尽枕河。

（唐·杜荀鹤《送人游吴》）

白话 ▶ 夜光杯里倒满葡萄酒，刚要举杯畅饮，却被琵琶声催促着出发，豪迈又略带匆忙。

古诗文 ▶ 葡萄美酒夜光杯，欲饮琵琶马上催。

（唐·王翰《凉州词二首·其一》）

白话 ▶ 沙漠中孤烟直直升起，黄河边的落日又大又圆，景色壮观。

古诗文 ▶ 大漠孤烟直，长河落日圆。

（唐·王维《使至塞上》）

白话 ▶ 这座楼非常高，好像伸手就能摘到星星。

古诗文 ▶ 危楼高百尺，手可摘星辰。

（唐·李白《夜宿山寺》）

白话▶ 午睡醒来没什么事情做，就看着孩子们追逐柳絮，充满了生活的趣味。

古诗文▶ 日长睡起无情思，闲看儿童捉柳花。

（宋·杨万里《闲居初夏午睡起》）

白话▶ 在稻花的香气里谈论着丰收的年景，耳边传来阵阵蛙声。

古诗文▶ 稻花香里说丰年，听取蛙声一片。

（南宋·辛弃疾《西江月·夜行黄沙道中》）

白话▶ 灵感来了的时候，就在白墙上奋笔疾书，笔速像流星一样快。

古诗文▶ 兴来洒素壁，挥笔如流星。

（唐·李颀《赠张旭》）

白话▶ 书就像老朋友一样，无论早晚，翻开它都能给自己带来慰藉。

古诗文▶ 书卷多情似故人，晨昏忧乐每相亲。

（明·于谦《观书》）

妙语连珠

白话 ▶ 不能在历史上留下名声是一件耻辱的事，自己要一心为国，做个大英雄。

古诗文 ▶ 千年史册耻无名，一片丹心报天子。

（南宋·陆游《金错刀行》）

白话 ▶ 谁说黄河宽广难以渡过？凭借一片芦苇筏就能航行过去。

古诗文 ▶ 谁谓河广？一苇杭之。

（《诗经·卫风·河广》）

白话 ▶ 与友人在竹下相对品茶，无须言语交流，这份宁静惬意远远胜过饮酒沉醉的感觉。

古诗文 ▶ 竹下忘言对紫茶，全胜羽客醉流霞。

（唐·钱起《与赵莒茶宴》）

白话 ▶ 游玩到天黑才划船回家，却不小心闯进了荷花塘，惊慌之中把栖息的鸟儿都惊飞起来了。

古诗文 ▶ 兴尽晚回舟，误入藕花深处。争渡，争渡，惊起一滩鸥鹭。

（宋·李清照《如梦令·常记溪亭日暮》）

第二章

情思篇

　　情，是世间最动人的旋律，相思则是其中最婉转的音符。初见的心动、爱恋的甜蜜、相思的苦涩、错过的遗憾、放下的释然……这些共同构成了情感的多彩画卷。让我们在这一篇章中，聆听古人与今人的情思絮语，感受爱情的美好与复杂，体会心灵深处那一抹温柔的牵挂。

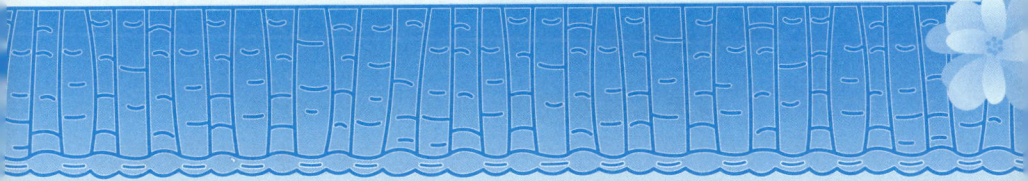

妙语连珠

白话 就仅此一次相逢，已抵过了世间无数的美好幸福。

古诗文 金风玉露一相逢，便胜却人间无数。

（宋·秦观《鹊桥仙·纤云弄巧》）

白话 突然相见反而怀疑是梦，悲伤叹息互相询问年龄。

古诗文 乍见翻疑梦，相悲各问年。

（唐·司空曙《云阳馆与韩绅宿别》）

白话 四海之内存在知己，即便远在天涯也像近邻一样。

古诗文 海内存知己，天涯若比邻。

（唐·王勃《送杜少府之任蜀州》）

白话 没有彩凤双翼，无法并肩飞翔；但心灵相通，情感紧密相连。

古诗文 身无彩凤双飞翼，心有灵犀一点通。

（唐·李商隐《无题》）

白话 ▶ 那所谓的意中人，在水的另一边。

古诗文 ▶ 所谓伊人，在水一方。

（《诗经·秦风·蒹葭》）

白话 ▶ 她回头一笑就生出百般妩媚，后宫的美女都显得失色。

古诗文 ▶ 回眸一笑百媚生，六宫粉黛无颜色。

（唐·白居易《长恨歌》）

白话 ▶ 扬州十里春风吹拂的街道，卷起珠帘所见的人都比不上你。

古诗文 ▶ 春风十里扬州路，卷上珠帘总不如。

（唐·杜牧《赠别二首·其一》）

白话 ▶ 希望能得到一个真心相待的人，白头到老永不分离。

古诗文 ▶ 愿得一心人，白头不相离。

（西汉·卓文君《白头吟》）

妙语连珠

白话 ▶ 精致的骰子里嵌着红豆，你是否知道这深深的相思已经入骨。

古诗文 ▶ 玲珑骰子安红豆，入骨相思知不知。

（唐·温庭筠《新添声杨柳枝词》）

白话 ▶ 快到家乡时反而更加胆怯，不敢向路人打听家中的情况。

古诗文 ▶ 近乡情更怯，不敢问来人。

（唐·宋之问《渡汉江》）

白话 ▶ 景物依旧人已变迁，想要开口说话，泪水却先流了下来。

古诗文 ▶ 物是人非事事休，欲语泪先流。

（宋·李清照《武陵春·春晚》）

白话 ▶ 思念你的心就像西江的流水，日日夜夜向东流淌，没有停止的时候。

古诗文 ▶ 忆君心似西江水，日夜东流无歇时。

（唐·鱼玄机《江陵愁望寄子安》）

白话 山上有树，树上有枝，我心里喜欢你，而你却不知道。

古诗文 山有木兮木有枝，心悦君兮君不知。

（《越人歌》）

白话 从今夜就进入了白露节气，月亮还是故乡的最明亮。

古诗文 露从今夜白，月是故乡明。

（唐·杜甫《月夜忆舍弟》）

白话 这种情感没有办法消除，刚从眉间消下去，又涌上心头。

古诗文 此情无计可消除，才下眉头，却上心头。

（宋·李清照《一剪梅·红藕香残玉簟秋》）

白话 含羞跑开，倚靠门回头看，又闻了一阵青梅的花香。

古诗文 和羞走，倚门回首，却把青梅嗅。

（宋·李清照《点绛唇·蹴罢秋千》）

23

妙语连珠

白话 ▶ 彼此看着却说不出话，只有眼泪一行行地流下。

古诗文 ▶ 相顾无言，惟有泪千行。

（北宋·苏轼《江城子·乙卯正月二十日夜记梦》）

白话 ▶ 月亮升到柳树梢头，我们约定在黄昏后相见。

古诗文 ▶ 月上柳梢头，人约黄昏后。

（宋·欧阳修《生查子·元夕》）

白话 ▶ 从现在开始，不再思念你，这相思之情从此与你断绝！

古诗文 ▶ 我断不思量，你莫思量我。

（宋·谢直《卜算子·赠妓》）

白话 ▶ 早晨看天色，傍晚看云彩，走着想你，坐着也想你。

古诗文 ▶ 晓看天色暮看云，行也思君，坐也思君。

（明·唐寅《一剪梅·雨打梨花深闭门》）

白话 ▶ 日日夜夜想你，却不能见你，却共同饮着长江之水。

古诗文 ▶ 日日思君不见君，共饮长江水。

（北宋·李之仪《卜算子·我住长江头》）

白话 ▶ 每一寸相思都化作一寸灰烬。

古诗文 ▶ 一寸相思一寸灰。

（唐·李商隐《无题·飒飒东风细雨来》）

白话 ▶ 一天不见你，就像过了三个秋天那么漫长。

古诗文 ▶ 一日不见，如三秋兮。

（《诗经·郑风·子衿》）

白话 ▶ 一旦进入深似大海的权贵门第，从此你我便如陌生人一般。

古诗文 ▶ 侯门一入深如海，从此萧郎是路人。

（唐·崔郊《赠去婢》）

白话 ▶ 抬头望天，只有一弯如钩的冷月相伴。低头望去，只见梧桐树寂寞地孤立院中，幽深的庭院被笼罩在清冷凄凉的秋色之中。

古诗文 ▶ 无言独上西楼，月如钩。寂寞梧桐深院锁清秋。

（南唐·李煜《相见欢·无言独上西楼》）

妙语连珠

白话 ▶ 只要两情至死不渝，又何必贪求卿卿我我的朝欢暮乐呢。

古诗文 ▶ 两情若是久长时，又岂在朝朝暮暮。

（宋·秦观《鹊桥仙·纤云弄巧》）

- -

白话 ▶ 人本来就容易为情所困，这种遗憾与风月无关。

古诗文 ▶ 人生自是有情痴，此恨不关风与月。

（宋·欧阳修《玉楼春·尊前拟把归期说》）

- -

白话 ▶ 想念你，想见你，却不知要到哪一天才能见到你。此时此夜，让人如何承受啊！

古诗文 ▶ 相思相见知何日？此时此夜难为情！

（唐·李白《三五七言》）

- -

白话 ▶ 虽然只隔一条河流，但也只能含情脉脉相视无言。

古诗文 ▶ 盈盈一水间，脉脉不得语。

（东汉《古诗十九首》）

- -

白话 ▶ 空荡的庭院里春天将尽，满地梨花，我锁闭华屋，无人看见我悲哀。

古诗文 ▶ 寂寞空庭春欲晚，梨花满地不开门。

（唐·刘方平《春怨》）

白话 ▶ 这一别可能就是多年，相爱的人不在一起，即便有良辰美景也如同虚设。

古诗文 ▶ 此去经年，应是良辰好景虚设。

（北宋·柳永《雨霖铃·寒蝉凄切》）

白话 ▶ 过去的事情已成空幻，就像一场梦境一样。

古诗文 ▶ 往事已成空，还如一梦中。

（南唐·李煜《子夜歌·人生愁恨何能免》）

白话 ▶ 握着彼此的手，看着对方满是泪水的双眼，竟哽咽着说不出话。

古诗文 ▶ 执手相看泪眼，竟无语凝噎。

（北宋·柳永《雨霖铃·寒蝉凄切》）

妙语连珠

白话 每夜都在相思中度过，直到天将破晓，伤心地靠
着栏杆看着明月。

古诗文 夜夜相思更漏残，伤心明月凭阑干。

（唐·韦庄《浣溪沙·夜夜相思更漏残》）

白话 默默相思却无处诉说，夜晚的烟霭月色让人满心
惆怅。

古诗文 暗相思，无处说，惆怅夜来烟月。

（唐·韦庄《应天长·别来半岁音书绝》）

白话 乘小船从此离去，在江海中寄托余下的人生。

古诗文 小舟从此逝，江海寄余生。

（北宋·苏轼《临江仙·夜饮东坡醒复醉》）

白话 这份感情到现在还在追忆，在当时心里却一片茫
然、惆怅。

古诗文 此情可待成追忆？只是当时已惘然。

（唐·李商隐《锦瑟》）

白话 笑声慢慢听不见，人影也越来越安静，痴情的人反而被无情的人惹恼。

古诗文 笑渐不闻声渐悄，多情却被无情恼。

（北宋·苏轼《蝶恋花·春景》）

白话 花开时应及时采摘，不要等到花谢了才空折枝头。

古诗文 花开堪折直须折，莫待无花空折枝。

（唐·无名氏《金缕衣》）

白话 回想在扬州十年的往事，恍如一声梦幻，到头来只挣得一个薄情郎的名声。

古诗文 十年一觉扬州梦，赢得青楼薄幸名。

（唐·杜牧《遣怀》）

白话 昨夜在小楼里听着春雨，清晨的深巷中已经有人在卖杏花了。

古诗文 小楼一夜听春雨，深巷明朝卖杏花。

（南宋·陆游《临安春雨初霁》）

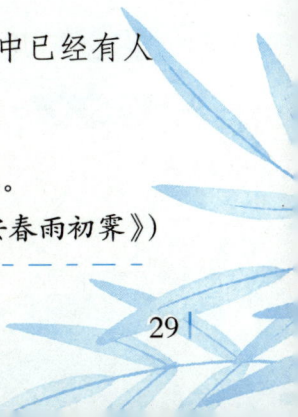

妙语连珠

白话 ▶ 什么时候才能一起在西窗下剪烛谈心，说起在巴山夜雨时的情景？

古诗文 ▶ 何当共剪西窗烛，却话巴山夜雨时。

（唐·李商隐《夜雨寄北》）

白话 ▶ 心中不断萌生归乡之情，却被滞留在他乡的无奈所困。

古诗文 ▶ 慊慊思归恋故乡，君为淹留寄他方。

（东汉·曹丕《燕歌行二首·其一》）

白话 ▶ 抛家沿路流浪，思量着过去的种种，虽然离别无情，心中却满怀思念。

古诗文 ▶ 抛家傍路，思量却是，无情有思。

（北宋·苏轼《水龙吟·次韵章质夫杨花词》）

白话 ▶ 愿与你品德相配，并肩携手同行。

古诗文 ▶ 愿言配德兮，携手相将。

（西汉·司马相如《凤求凰》）

白话▶ 一天不见你啊，思念得如同发狂一般。

古诗文▶ 一日不见兮，思之如狂。

（西汉·司马相如《凤求凰》）

白话▶ 愿与你一起饮酒作乐，共度到老；乐器弹奏起来，和谐美好。

古诗文▶ 宜言饮酒，与子偕老。琴瑟在御，莫不静好。

（《诗经·郑风·女曰鸡鸣》）

白话▶ 深夜忽然梦见年轻时的事，梦中啼哭，脸上一片泪痕。

古诗文▶ 夜深忽梦少年事，梦啼妆泪红阑干。

（唐·白居易《琵琶行》）

白话▶ 衣带渐渐宽松（人渐瘦）也不后悔，因为她值得让人憔悴。

古诗文▶ 衣带渐宽终不悔，为伊消得人憔悴。

（北宋·柳永《蝶恋花·伫倚危楼风细细》）

31

妙语连珠

`白话` ▶ 落花有心追随流水，流水却无情地流走，不念落花。

`古诗文` ▶ 落花有意随流水，流水无情恋落花。

（明·冯梦龙《警世通言》）

`白话` ▶ 离愁像丝线剪不断，理也理不清。

`古诗文` ▶ 剪不断，理还乱，是离愁。

（南唐·李煜《相见欢·无言独上西楼》）

`白话` ▶ 思念绵延无尽，怨恨也绵绵无期，直到归来之日，方得稍稍平息。

`古诗文` ▶ 思悠悠，恨悠悠，恨到归时方始休。

（唐·白居易《长相思·汴水流》）

`白话` ▶ 相思了一夜，梅花也悄然开放，忽然来到窗前，以为是你来了。

`古诗文` ▶ 相思一夜梅花发，忽到窗前疑是君。

（唐·卢仝《有所思》）

白话 ▶ 想要寄去写满情意的信，但山高水远，不知他在哪里。

古诗文 ▶ 欲寄彩笺兼尺素，山长水阔知何处？

（北宋·晏殊《蝶恋花·槛菊愁烟兰泣露》）

白话 ▶ 相思本来就没有凭证，不要在信纸上白费泪水了。

古诗文 ▶ 相思本是无凭语，莫向花笺费泪行。

（北宋·晏几道《鹧鸪天·醉拍春衫惜旧香》）

白话 ▶ 昨夜在幽静的水潭边梦见落花纷飞，可惜春已过半，我却还不能回家。

古诗文 ▶ 昨夜闲潭梦落花，可怜春半不还家。

（唐·张若虚《春江花月夜》）

白话 ▶ 漫长的夜晚，怎得让薄情的人知晓？早春的时光，早已被相思染透。

古诗文 ▶ 夜长争得薄情知，春初早被相思染。

（南宋·姜夔《踏莎行·自沔东来》）

妙语连珠

白话▶ 云中谁能把书信寄来？雁阵飞回之时，月光洒满西楼。

古诗文▶ 云中谁寄锦书来，雁字回时，月满西楼。

（宋·李清照《一剪梅·红藕香残玉簟秋》）

白话▶ 重情的人自古就为离别而伤怀，更何况又逢这冷落凄凉的时节。

古诗文▶ 多情自古伤离别，更那堪，冷落清秋节。

（北宋·柳永《雨霖铃·寒蝉凄切》）

白话▶ 一寸的相思竟生出千万种愁绪，这人间竟没有一处能安放它。

古诗文▶ 一寸相思千万绪，人间没个安排处。

（宋·李冠《蝶恋花·春暮》）

白话▶ 花儿自在地飘落，水儿自在地流淌，同一种相思，却在两处各自生愁。

古诗文▶ 花自飘零水自流，一种相思，两处闲愁。

（宋·李清照《一剪梅·红藕香残玉簟秋》）

白话 ▶ 思念你如满月一般圆满，可是每夜都在渐渐消减光辉。

古诗文 ▶ 思君如满月，夜夜减清辉。

（唐·张九龄《赋得自君之出矣》）

白话 ▶ 把我的心换成你的心，才知道这相思忆念有多深。

古诗文 ▶ 换我心，为你心，始知相忆深。

（五代·顾夐《诉衷情·永夜抛人何处去》）

白话 ▶ 江南没有什么珍贵的东西，赠你一枝代表春天的花吧。

古诗文 ▶ 江南无所有，聊赠一枝春。

（南北朝·陆凯《赠范晔诗》）

白话 ▶ 人归来的时间落在大雁南飞之后，而思念之情却在花开之前就已萌发。

古诗文 ▶ 人归落雁后，思发在花前。

（南北朝·薛道衡《人日思归》）

妙语连珠

白话 如今我回来时，雪花纷飞满天飘落。

古诗文 今我来思，雨雪霏霏。

（《诗经·小雅·采薇》）

白话 相思之情究竟有多深？即便是远到地角天涯，也比不上这相思的距离漫长。

古诗文 相思一夜情多少，地角天涯未是长。

（唐·张仲素《燕子楼三首·其一》）

白话 你那青色的衣领，深深萦绕在我心间。

古诗文 青青子衿，悠悠我心。

（《诗经·郑风·子衿》）

白话 南风知晓我的心意，请把我的梦吹到西洲去（与心上人相会）。

古诗文 南风知我意，吹梦到西洲。

（南北朝·佚名《西洲曲》）

第三章

聚散篇

聚散无常，是人生常态。亲人、朋友、恋人的相聚与离别，风景、器物、文化的留存与消逝，都在演绎着世间的悲欢离合。在这一章里，让我们透过文字，感受聚时的温暖与散时的惆怅，领悟人生聚散中的珍贵与无奈，珍惜每一个相聚的瞬间。

妙语连珠

白话 ▶ 在那风雪交加的夜晚，柴门内一片凄惨，此时真觉得有儿子还不如没有。

古诗文 ▶ 惨惨柴门风雪夜，此时有子不如无。

（清·黄景仁《别老母》）

白话 ▶ 母亲手中拿着针线，为即将远行的孩子缝补身上的衣服。她缝得非常细密，心里担忧孩子迟迟不能归来。

古诗文 ▶ 慈母手中线，游子身上衣。临行密密缝，意恐迟迟归。

（唐·孟郊《游子吟》）

白话 ▶ 料想家中的亲人在深夜还围坐在一起，谈论的大概都是远行在外的我。

古诗文 ▶ 想得家中夜深坐，还应说着远行人。

（唐·白居易《邯郸冬至夜思家》）

白话 ▶ 听说你有了二心，所以我来与你坚决地断绝关系。

古诗文 ▶ 闻君有两意，故来相决绝。

（西汉·卓文君《白头吟》）

白话▶ 远远想到兄弟们在重阳节登高，头上都插着茱萸，却唯独少了我一个人。

古诗文▶ 遥知兄弟登高处，遍插茱萸少一人。

（唐·王维《九月九日忆山东兄弟》）

白话▶ 和你阴阳两隔已经十年，思念如潮水般涌来，眼泪忍不住夺眶而出。

古诗文▶ 十年生死两茫茫，不思量，自难忘。

（北宋·苏轼《江城子·乙卯正月二十日夜记梦》）

白话▶ 亲人或许还沉浸在悲伤之中，而其他人却早已唱起了欢乐的歌，人与人之间的悲欢并不相通。

古诗文▶ 亲戚或余悲，他人亦已歌。

（东晋·陶渊明《拟挽歌辞三首·其三》）

白话▶ 人生在世，人们常常难以相见。今晚又是什么样的日子啊，我们竟能共坐在这灯烛之下。

古诗文▶ 人生不相见，动如参与商。今夕复何夕，共此灯烛光。

（唐·杜甫《赠卫八处士》）

妙语连珠

白话 ▶ 烹调美味羹汤的美妙之处，就在于能够调和不同的滋味。就像人与人相处，互补能让关系更加和谐融洽。

古诗文 ▶ 和羹之美，在于合异。

（西晋·陈寿《三国志·夏侯玄传》）

白话 ▶ 请你再饮完这杯酒，因为一旦你西行出了阳关，就很难再遇到老朋友了。

古诗文 ▶ 劝君更尽一杯酒，西出阳关无故人。

（唐·王维《送元二使安西》）

白话 ▶ 能够相逢并一起喝醉，这是前世修来的缘分。然而，聚散无常，风雨过后，大家又各自飘向何方呢？

古诗文 ▶ 相逢一醉是前缘，风雨散、飘然何处？

（北宋·苏轼《鹊桥仙·七夕》）

白话 ▶ 你轻易地就改变了对我的心意，却还说人心本来就容易改变，不要把变心的责任推卸给他人。

古诗文 ▶ 等闲变却故人心，却道故人心易变。

（清·纳兰性德《木兰花·拟古决绝词柬友》）

白话 ▶ 去拜访昔日的老朋友，却发现一半的人都已离世，不禁令人惊愕，心中涌起阵阵悲痛。

古诗文 ▶ 访旧半为鬼，惊呼热中肠。

（唐·杜甫《赠卫八处士》）

白话 ▶ 从现在起，永远不要再相思了，过去的感情就此断绝。

古诗文 ▶ 从今以往，勿复相思。

（汉乐府《有所思》）

白话 ▶ 当年和我一起赏花的人，如今仔细清点，已经有一半找不到了。

古诗文 ▶ 当时共我赏花人，点检如今无一半。

（北宋·晏殊《木兰花·池塘水绿风微暖》）

白话 ▶ 年轻时离别，心中的伤感就已不轻；到老了再次相逢，心中却又增添了许多悲伤的情绪。

古诗文 ▶ 少年离别意非轻，老去相逢亦怆情。

（北宋·王安石《示长安君》）

妙语连珠

白话 今日相逢，不要嫌弃金杯里的酒，尽情畅饮吧！要知道，人生中别离的时刻多，欢乐相聚的时光少。

古诗文 相逢莫厌醉金杯，别离多，欢会少。

（五代·冯延巳《醉花间·晴雪小园春未到》）

白话 年少时的辛苦努力关乎一生的事业，千万不要在大好光阴中懒惰懈怠，浪费每一分努力。

古诗文 少年辛苦终身事，莫向光阴惰寸功。

（唐·杜荀鹤《题弟侄书堂》）

白话 如果洛阳的亲友询问起我，就告诉他们，我的心依然像玉壶中的冰一样纯洁坚定。

古诗文 洛阳亲友如相问，一片冰心在玉壶。

（唐·王昌龄《芙蓉楼送辛渐》）

白话 人死后的世界没有白天，这酒又能卖给谁呢？表达了对故人离世的悲痛与感慨。

古诗文 夜台无晓日，沽酒与何人。

（唐·李白《哭宣城善酿纪叟》）

白话 ▶ 新长出来的竹子比旧竹更高，这全靠老竹的扶持。

古诗文 ▶ 新竹高于旧竹枝，全凭老干为扶持。

（清·郑板桥《新竹》）

白话 ▶ 令公的学生遍布天下，哪里还用得着在堂前再种花呢？

古诗文 ▶ 令公桃李满天下，何用堂前更种花。

（唐·白居易《奉和令公绿野堂种花》）

白话 ▶ 依然喜爱故乡的水，它一路护送着我的小船远行，表达了对故乡的眷恋之情。

古诗文 ▶ 仍怜故乡水，万里送行舟。

（唐·李白《渡荆门送别》）

白话 ▶ 姑娘的面容不知道去了哪里，只有桃花依旧在春风中绽放，好像在对着人微笑。

古诗文 ▶ 人面不知何处去，桃花依旧笑春风。

（唐·崔护《题都城南庄》）

妙语连珠

白话 ▶ 我们分别了这么长的时间，连树都已经长得这么粗壮了。

古诗文 ▶ 树犹如此堪重别。只使君、从来与我，话头多合。

（南宋·陈亮《贺新郎·寄辛幼安和见怀韵》）

白话 ▶ 月亮有阴晴圆缺才显得更加美丽，就如同生活中也需要有一些遗憾，才更具韵味。

古诗文 ▶ 人有悲欢离合，月有阴晴圆缺，此事古难全。

（北宋·苏轼《水调歌头·明月几时有》）

白话 ▶ 时光只知道无情地催人变老，它不会理会人们的多情与不舍。

古诗文 ▶ 时光只解催人老，不信多情。

（北宋·晏殊《采桑子·时光只解催人老》）

白话 ▶ 挥挥手从此分别，离群的马也萧萧长鸣，仿佛在诉说着不舍之情。

古诗文 ▶ 挥手自兹去，萧萧班马鸣。

（唐·李白《送友人》）

白话▶ 深夜里再次点亮蜡烛，与久别重逢的人相对而坐，感觉就像在梦中一样。

古诗文▶ 夜阑更秉烛，相对如梦寐。

（唐·杜甫《羌村三首·其一》）

白话▶ 当年出征的时候，柔弱的杨柳随风摇曳，好像也在为我送别。

古诗文▶ 昔我往矣，杨柳依依。

（《诗经·小雅·采薇》）

白话▶ 在"落木萧萧"中学会放手，在"长江滚滚"中懂得相拥，于聚散无常处，品出人间真情味。

古诗文▶ 无边落木萧萧下，不尽长江滚滚来。

（唐·杜甫《登高》）

白话▶ 正是江南风景最美的时候，在这落花缤纷的时节，竟然又与你相逢。

古诗文▶ 正是江南好风景，落花时节又逢君。

（唐·杜甫《江南逢李龟年》）

妙语连珠

白话 烧纸的灰烬像白色的蝴蝶在空中飞舞，因伤心哭泣，眼睛哭得像红色的杜鹃花一样。

古诗文 纸灰飞作白蝴蝶，泪血染成红杜鹃。

（南宋·高翥《清明日对酒》）

白话 每年的花看起来都差不多，但人却一年比一年更加沧桑，感叹时光对人的改变。

古诗文 岁岁年年花相似，岁岁年年人不同。

（唐·刘希夷《代悲白头翁》）

白话 还是回家吧！田园都快要荒芜了，为什么还不回去呢？

古诗文 归去来兮，田园将芜胡不归？

（东晋·陶渊明《归去来兮辞》）

白话 明天分别之后，山高路远，世事难料，希望我们各自都能保重自己。

古诗文 明日隔山岳，世事两茫茫。

（唐·杜甫《赠卫八处士》）

白话 ▶ 即使醉倒在沙场上，你也不要笑话我，自古以来，出征打仗的人有几个能平安回来呢？

古诗文 ▶ 醉卧沙场君莫笑，古来征战几人回。

（唐·王翰《凉州词二首·其一》）

白话 ▶ 茫茫大海上升起一轮明月，此时，远在天涯的我们都在共同欣赏这同一轮月亮。

古诗文 ▶ 海上生明月，天涯共此时。

（唐·张九龄《望月怀远》）

白话 ▶ 离去的人越来越疏远，活着的人应该更加亲近。

古诗文 ▶ 去者日以疏，生者日以亲。

（东汉《古诗十九首》）

白话 ▶ 牛郎织女隔着银河相望，就像陷入视频卡顿的异地恋情侣，只能含情脉脉，却无法言语交流，表达出相思而不得相见的痛苦。

古诗文 ▶ 盈盈一水间，脉脉不得语。

（东汉《古诗十九首》）

妙语连珠

白话 ▶ 海水再深也有见底的时候，可人心却比海沟还要深，难以看透。

古诗文 ▶ 海枯终见底，人死不知心。

（唐·杜荀鹤《感寓》）

白话 ▶ 东西还在，但人却已经不在了，话还没说出口，眼泪就先流了下来。

古诗文 ▶ 物是人非事事休，欲语泪先流。

（宋·李清照《武陵春·春晚》）

白话 ▶ 曾经的繁华盛事都已随着香尘消散，如今只有无情的流水和自绿的野草迎接春天。

古诗文 ▶ 繁华事散逐香尘，流水无情草自春。

（唐·杜牧《金谷园》）

白话 ▶ 归还你的明珠时我泪流满面，只遗憾没有在我嫁人之前就遇到你。

古诗文 ▶ 还君明珠双泪垂，恨不相逢未嫁时。

（唐·张籍《节妇吟·寄东平李司空师道》））

白话 鸿雁什么时候才能把书信送到呢？江湖秋水茫茫，路途遥远，心中满是对远方来信的期盼和担忧。

古诗文 鸿雁几时到，江湖秋水多。

（唐·杜甫《天末怀李白》）

- -

白话 聚散无常，只是惭愧你常常挂念着我；我如今荣枯不定，哪里还敢诉说相思之情。

古诗文 聚散但惭长见念，荣枯安敢道相思。

（唐·白居易《侍中晋公欲到东洛先蒙书问期宿龙门思往感今辄献长句》）

- -

白话 人生的相聚与离别匆匆忙忙，就像云边孤独的大雁、水上漂浮的浮萍一样身不由己。

古诗文 聚散匆匆，云边孤雁，水上浮萍。

（南宋·刘过《柳梢青·送卢梅坡》）

- -

白话 英雄的聚散、古今的兴亡，都在栏杆之外、欸乃的桨声之间成为过去。

古诗文 英雄聚散阑干外，今古兴亡欸乃间。

（南宋·汪元量《浙江亭和徐雪江》）

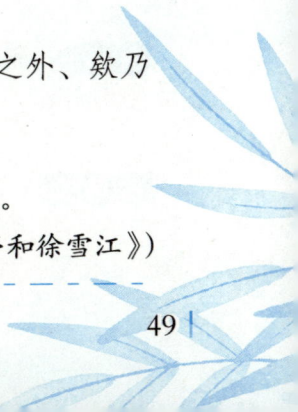

- -

妙语连珠

白话▶ 上天给予的缘分短暂，人与人之间的聚散总是那么容易。

古诗文▶ 天与短因缘，聚散常容易。

（北宋·晏几道《生查子·狂花顷刻香》）

白话▶ 有多少欢乐美好的聚会，哪里知道聚散难以预料，如今这些都变成了如雨般的怨恨和如云般的忧愁。

古诗文▶ 暗想当初，有多少、幽欢佳会，岂知聚散难期，翻成雨恨云愁。

（北宋·柳永《曲玉管·陇首云飞》）

白话▶ 人与人之间的关系就像春天的梦、秋天的云一样，聚散非常容易，说散就散。

古诗文▶ 醉别西楼醒不记，春梦秋云，聚散真容易。

（北宋·晏几道《蝶恋花·醉别西楼醒不记》）

白话▶ 相聚和离散总是如此匆匆忙忙，其中的遗憾无穷无尽，让人想要留住相聚的时光。

古诗文▶ 聚散苦匆匆，此恨无穷。

（北宋·欧阳修《浪淘沙·把酒祝东风》）

白话 ▶ 人生的聚散离合、穷困通达都不值得过分在意，喝醉之后高歌一曲，尽情释放自己的情感。

古诗文 ▶ 聚散穷通何足道，醉来一曲放歌行。

（唐·白居易《答微之咏怀见寄》）

白话 ▶ 人和人的相遇与分离，看似热热闹闹，实际上就像虚幻的花开花落一样，充满了虚无感。

古诗文 ▶ 空虚花聚散，烦恼树稀稠。

（唐·王维《与胡居士皆病寄此诗兼示学人二首》）

白话 ▶ 因为离别而感到悲伤是人之常情，这种痛苦与荣耀和困苦并无关联。

古诗文 ▶ 自然悲聚散，不是恨荣枯。

（唐·白居易《东南行一百韵寄通州元

九侍御澧州李十一舍人窦七校书》）

白话 ▶ 平淡的交情随聚随散，就像在水乡泽国绕来绕去一样自然。

古诗文 ▶ 淡交随聚散，泽国绕回旋。

（唐·杜甫《秋日夔府咏怀奉寄郑监李宾客一百韵》）

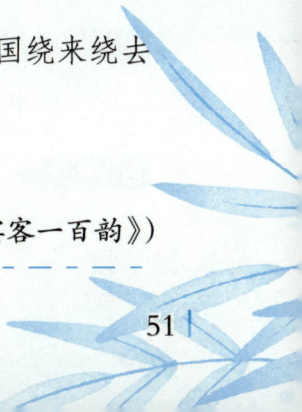

妙语连珠

白话 ▶ 人世间本来就充满了聚散离合，就像红蕖也会有
凋零离散的时候，这是很平常的事情。

古诗文 ▶ 浮世本来多聚散，红蕖何事亦离披。

（唐·李商隐《七月二十九日崇让宅宴作》）

白话 ▶ 人生就像风中的花枝，起起落落、聚聚散散，没
什么值得过分悲伤的。

古诗文 ▶ 人生本是风花枝，升沉聚散何足悲。

（明·孙蕡《寄罗都事友章》）

白话 ▶ 在这浮浮沉沉的人生岁月里，遇见谁都是随机
的，充满了不确定性。

古诗文 ▶ 浮生岁月聚散过，抚事感老徒兴嗟。

（明·沈周《暮投承天习静房与老僧夜酌复和清虚堂韵一首》）

白话 ▶ 同乡之间的聚散总是如此匆匆忙忙，岁月无情，
转眼间我们都已两鬓斑白。

古诗文 ▶ 井乡聚散笑匆匆，岁月无情忽两翁。

（宋·林景熙《喜刘邦瑞迁居采芹坊二首·其二》）

白话▶ 在安静的夜晚和老友闲聊，刚刚聊到开心的事情，却突然因为回忆起一些过往而情绪崩溃。

古诗文▶ 闲宵静话喜还悲，聚散穷通不自知。

（唐·白居易《初除主客郎中知制诰

与王十一李七元九三舍人中书同宿话旧感怀》）

白话▶ 那次美好的聚会之后，再也没能凑齐当初的那些人，心中满是对过去聚会的怀念和对难以再聚的惆怅。

古诗文▶ 嘉会不可再，聚散空彷徨。

（南宋·汪元量《月夜拟李陵诗传三首·其二》）

白话▶ 回想起过去的日子，不知不觉中，我们的相聚和离散已经过去了十年。

古诗文▶ 忆念凤翔都，聚散俄十春。

（唐·杜甫《别蔡十四著作》）

白话▶ 人生的聚散难以预料，就像我们在寒冬时节举杯相聚，谁也不知道未来会怎样。

古诗文▶ 人生聚散不可料，一杯相属时方冬。

（北宋·苏辙《次韵张刍谏议宴集》）

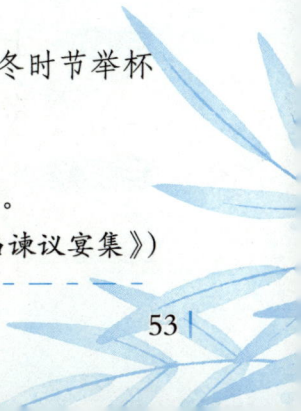

妙语连珠

白话 ▶ 人生的荣辱就像蜗牛角上的微小事物，聚散就像大海里的水泡一样，转瞬即逝。

古诗文 ▶ 荣辱两蜗角，聚散一海沤。

（南宋·孙应时《四明山记游八十韵》）

- -

白话 ▶ 人生的聚散就像野鸭和大雁一样，刚刚聚集在一起，转眼间又各自飞向天涯。

古诗文 ▶ 人生聚散如凫雁，极目江湖万里天。

（元·仇远《岁晏迁居》）

- -

白话 ▶ 和朋友们刚刚相聚完，转眼间就各自回到自己的家中，聚散就在一瞬间。

古诗文 ▶ 聚散俄成昔，悲愁益自熬。

（唐·李德裕《述梦诗四十韵》）

- -

白话 ▶ 上一秒还热热闹闹地相聚在一起，下一秒就各奔东西，这种瞬间的变化让人感到世事无常。

古诗文 ▶ 仙凡聚散那得知，祇今流水篆元之。

（宋·曾原郕《游金精次韵》）

- -

第四章

砺志篇

　　生活似一场艰难的跋涉，布满荆棘与坎坷。但在这漫漫征途中，每一次跌倒都是崛起的前奏，每一滴汗水都闪耀着希望。让我们从古人的智慧与今人砥砺奋进的话语中汲取力量，如宝剑历经磨砺，似寒梅傲雪绽放，在困境中破茧成蝶，向着梦想奋勇前行。

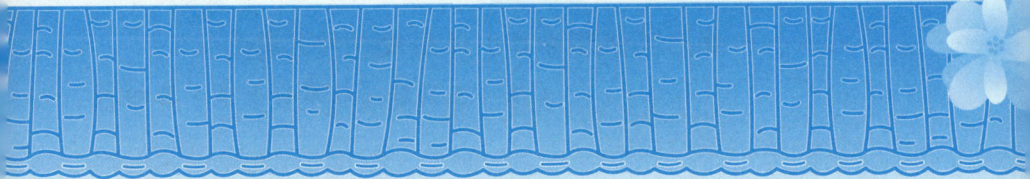

妙语连珠

白话 ▶ 回首往事，心中已不再被过去的风雨和晴天所困扰。

古诗文 ▶ 回首向来萧瑟处，归去，也无风雨也无晴。

（北宋·苏轼《定风波·莫听穿林打叶声》）

- -

白话 ▶ 经过千锤百炼仍然坚韧，不怕任何方向的风吹。

古诗文 ▶ 千磨万击还坚劲，任尔东西南北风。

（清·郑板桥《竹石》）

- -

白话 ▶ 如果不经历冬天那刺骨严寒，梅花怎会有扑鼻的芳香。

古诗文 ▶ 不经一番寒彻骨，怎得梅花扑鼻香。

（唐·黄檗禅师《上堂开示颂》）

- -

白话 ▶ 在黄沙中奋战百次，铠甲都已磨损，不攻下楼兰誓不回还。

古诗文 ▶ 黄沙百战穿金甲，不破楼兰终不还。

（唐·王昌龄《从军行七首·其四》）

白话▶ 乘长风破万里浪的时机终会到来，到时将径直挂
起云帆，横渡沧海。

古诗文▶ 长风破浪会有时，直挂云帆济沧海。

（唐·李白《行路难·其一》）

白话▶ 夜半点灯、黎明鸡鸣的时刻，正是男子努力读书
的好时候。

古诗文▶ 三更灯火五更鸡，正是男儿读书时。

（唐·颜真卿《劝学诗》）

白话▶ 在猛烈的风中才能看出草是否坚韧，在国家动荡
时才能识别出忠诚的大臣。

古诗文▶ 疾风知劲草，板荡识诚臣。

（唐·李世民《赐萧瑀》）

白话▶ 野火无法烧尽野草的根须，春风一吹，它又会重
新生长。

古诗文▶ 野火烧不尽，春风吹又生。

（唐·白居易《赋得古原草送别》）

妙语连珠

白话 ▶ 十年辛苦劳作，磨出一把利剑，剑刃寒光闪烁，只是未试锋芒。

古诗文 ▶ 十年磨一剑，霜刃未曾试。

（唐·贾岛《剑客》）

白话 ▶ 泰山不排斥任何泥土，所以才能高大雄伟。

古诗文 ▶ 泰山不让土壤，故能成其大。

（秦·李斯《谏逐客书》）

白话 ▶ 小小的燕雀怎能理解鸿鹄那远大的志向？

古诗文 ▶ 燕雀安知鸿鹄之志哉！

（《史记·陈涉世家》）

白话 ▶ 水积得不深，就无法承载大船。

古诗文 ▶ 水之积也不厚，则其负大舟也无力。

（《庄子·逍遥游》）

白话 ▶ 宁愿在枝头含香而死，也不肯随风飘落。

古诗文 ▶ 宁可枝头抱香死，何曾吹落北风中。

（宋·郑思肖《寒菊》）

白话 沉船的旁边正有千艘船驶过，病树的前头却也是万木争春。

古诗文 沉舟侧畔千帆过，病树前头万木春。

（唐·刘禹锡《酬乐天扬州初逢席上见赠》）

白话 世人不认识有凌云之志的树木，只有等它真正冲上云霄时才说它高大。

古诗文 时人不识凌云木，直待凌云始道高。

（唐·杜荀鹤《小松》）

白话 老马虽伏在马槽边休息，可它的志向仍在千里之外的征途。

古诗文 老骥伏枥，志在千里。

（东汉·曹操《龟虽寿》）

白话 只有刻苦努力，才能读万卷书、增长知识。

古诗文 学向勤中得，萤窗万卷书。

（宋·汪洙《勤学》）

妙语连珠

白话 人生自古以来有谁能够不死呢？我要留一片爱国的心映照史册。

古诗文 人生自古谁无死，留取丹心照汗青。

（南宋·文天祥《过零丁洋》）

白话 心情愁烦使得我放下杯筷，拔出宝剑环顾四周，心里一片茫然。

古诗文 停杯投箸不能食，拔剑四顾心茫然。

（唐·李白《行路难·其一》）

白话 现在你是归隐江海的普通人，将来必定是飞上云霄的万里之人。

古诗文 即今江海一归客，他日云霄万里人。

（唐·高适《送桂阳孝廉》）

白话 君子把本领储藏在自身之中，等待时机到来才施展。

古诗文 君子藏器于身，待时而动。

（《周易·系辞下》）

白话 ▶ 经过千万次锤打凿刻才从深山开采出来，面对烈火焚烧也如同平常。

古诗文 ▶ 千锤万凿出深山，烈火焚烧若等闲。

（明·于谦《石灰吟》）

白话 ▶ 立下志向的困难，不在于战胜别人，而在于战胜自己。

古诗文 ▶ 志之难也，不在胜人，在自胜。

（《韩非子·喻老》）

白话 ▶ 不求别人称赞我颜色美丽，只想将清香之气洒满天地。

古诗文 ▶ 不要人夸颜色好，只留清气满乾坤。

（元·王冕《墨梅》）

白话 ▶ 如果雕刻几下就放弃，腐朽的木头也无法折断；如果持续雕刻不放弃，金属和石头也能被刻穿。

古诗文 ▶ 锲而舍之，朽木不折；锲而不舍，金石可镂。

（《荀子·劝学》）

妙语连珠

白话▶ 即使粉身碎骨也全然不怕，只想要将清白的品格留在人间。

古诗文▶ 粉骨碎身浑不怕，要留清白在人间。

（明·于谦《石灰吟》）

白话▶ 胜败本是兵家难以预料之事，能忍受羞辱和耻辱才是真正的男儿。

古诗文▶ 胜败兵家事不期，包羞忍耻是男儿。

（唐·杜牧《题乌江亭》）

白话▶ 不要说暮年已晚，因为晚霞依然能把整个天空染得绚丽。

古诗文▶ 莫道桑榆晚，为霞尚满天。

（唐·刘禹锡《酬乐天咏老见示》）

白话▶ 即使鬓发斑白、容颜衰老，内心的志向依然炽热不灭。

古诗文▶ 鬓虽残，心未死。

（南宋·陆游《夜游宫·记梦寄师伯浑》）

白话 ▶ 春天播下一粒谷子，到了秋天就能收获无数的种子。

古诗文 ▶ 春种一粒粟，秋收万颗子。

（唐·李绅《悯农二首·其一》）

白话 ▶ 即便悬崖上覆盖着百丈坚冰，仍有花枝（梅花）俏丽地绽放。

古诗文 ▶ 已是悬崖百丈冰，犹有花枝俏。

（毛泽东《卜算子·咏梅》）

白话 ▶ 从书本上得来的知识终究不够深刻，要真正理解事物，必须亲自实践。

古诗文 ▶ 纸上得来终觉浅，绝知此事要躬行。

（南宋·陆游《冬夜读书示子聿》）

白话 ▶ 风雪越是暴虐狂骤，（梅花）越是凛然不屈，在百花中气节最为高尚坚韧。

古诗文 ▶ 雪虐风饕愈凛然，花中气节最高坚。

（南宋·陆游《落梅》）

妙语连珠

`白话` 你们的身体和名声终将烟消云散，但江河仍将滔滔流淌，历久不衰。

`古诗文` 尔曹身与名俱灭，不废江河万古流。

（唐·杜甫《戏为六绝句·其二》）

`白话` 手持竹杖、穿着草鞋比骑马还要轻便，又有何可畏？即便在烟雨迷蒙中，也可以潇洒地过一生。

`古诗文` 竹杖芒鞋轻胜马，谁怕？一蓑烟雨任平生。

（北宋·苏轼《定风波·莫听穿林打叶声》）

`白话` 经过千遍万遍的淘洗虽然辛苦，但只有把杂沙都吹尽了，才能得到真正的黄金。

`古诗文` 千淘万漉虽辛苦，吹尽狂沙始到金。

（唐·刘禹锡《浪淘沙》）

`白话` 山上的石头，也可以用来琢磨美玉。

`古诗文` 他山之石，可以攻玉。

（《诗经·小雅·鹤鸣》）

白话 ▶ 落下的花瓣并不是无情之物，它可以化作春泥继续滋养花朵。

古诗文 ▶ 落红不是无情物，化作春泥更护花。

（清·龚自珍《己亥杂诗·其五》）

白话 ▶ 连孔夫子都不敢小看年轻人，后生可畏，不该轻视后辈。

古诗文 ▶ 宣父犹能畏后生，丈夫未可轻年少。

（唐·李白《上李邕》）

白话 ▶ 平时沉默不语，一鸣就令人震惊。

古诗文 ▶ 不鸣则已，一鸣惊人。

（《史记·滑稽列传》）

白话 ▶ 苔花虽然像米粒一样小，也努力像牡丹一样绽放。

古诗文 ▶ 苔花如米小，也学牡丹开。

（清·袁枚《苔》）

妙语连珠

白话 ▶ 精卫鸟衔着小树枝，想要把大海填平。比喻精卫鸟虽力量渺小却矢志不渝。

古诗文 ▶ 精卫衔微木，将以填沧海。

（东晋·陶渊明《读山海经·其十》）

白话 ▶ 男子汉为何不佩戴宝剑，去收复那五十个失地州郡？

古诗文 ▶ 男儿何不带吴钩，收取关山五十州。

（唐·李贺《南园十三首·其五》）

白话 ▶ 紧紧咬住青山毫不松动，竹子的根原本就扎在破碎的岩石中。

古诗文 ▶ 咬定青山不放松，立根原在破岩中。

（清·郑板桥《竹石》）

白话 ▶ 不要说雄关像钢铁一样难以逾越，我们要从头开始征服它！

古诗文 ▶ 雄关漫道真如铁，而今迈步从头越。

（毛泽东《忆秦娥·娄山关》）

白话 前面的道路啊遥远而漫长，但是我将不遗余力地追求和探索。

古诗文 路漫漫其修远兮，吾将上下而求索。

（战国·屈原《离骚》）

白话 镜子破碎不会改变光泽，兰花凋零不会改变香气。赞美了高洁自持、矢志不改的情操。

古诗文 镜破不改光，兰死不改香。

（唐·孟郊《赠别崔纯亮》）

白话 我怎能低眉屈膝去侍奉权贵，让自己不开心呢？

古诗文 安能摧眉折腰事权贵，使我不得开心颜。

（唐·李白《梦游天姥吟留别》）

白话 不清心寡欲就不能明确志向，不心境安宁就难以达到远大目标。

古诗文 非淡泊无以明志，非宁静无以致远。

（汉·诸葛亮《诫子书》）

妙语连珠

白话 ▶ 此时的沉默无声胜过有声的表达。

古诗文 ▶ 此时无声胜有声。

（唐·白居易《琵琶行》）

白话 ▶ 桃树、李树虽然不会向人打招呼，但它们以其饱满的果实引人喜爱，树下自然会走出路来。

古诗文 ▶ 桃李无言，下自成蹊。

（南宋·辛弃疾《一剪梅·游蒋山呈叶丞相》）

白话 ▶ 不怕浮云遮住远望的视线，因为我站在最高的地方。

古诗文 ▶ 不畏浮云遮望眼，自缘身在最高层。

（北宋·王安石《登飞来峰》）

白话 ▶ 江东子弟多有才华俊杰，若卷土重来胜负仍未可知。

古诗文 ▶ 江东子弟多才俊，卷土重来未可知。

（唐·杜牧《题乌江亭》）

白话 ▶ 小船从这里驶去，我将把余生托付于江海。

古诗文 ▶ 小舟从此逝，江海寄余生。

（北宋·苏轼《临江仙·夜饮东坡醒复醉》）

白话 ▶ 荷花谢尽，已没有撑雨的叶子；菊花虽败，却还有傲霜的枝条。

古诗文 ▶ 荷尽已无擎雨盖，菊残犹有傲霜枝。

（北宋·苏轼《赠刘景文》）

白话 ▶ 踏潮献技的人站在波涛上表演，他们手里拿着的红旗丝毫没被水打湿。

古诗文 ▶ 弄潮儿向涛头立，手把红旗旗不湿。

（北宋·潘阆《酒泉子·长忆观潮》）

白话 ▶ 愿凭借东风的力量，把我送上碧蓝的云天！

古诗文 ▶ 好风凭借力，送我上青云。

（清·曹雪芹《临江仙·柳絮》）

白话 ▶ 少年怀抱豪壮之气，拼搏奋发，总有一日会显露锋芒。

古诗文 ▶ 少年负壮气，奋烈自有时。

（唐·李白《少年行二首》）

妙语连珠

白话 我们都怀着高远的志向和飞扬的豪情，恨不得直冲上青天，把明月一把揽下。

古诗文 俱怀逸兴壮思飞，欲上青天揽明月。

（唐·李白《宣州谢朓楼饯别校书叔云》）

白话 可惜文帝半夜移动坐席听讲，不问百姓生计只问起鬼神的事。

古诗文 可怜夜半虚前席，不问苍生问鬼神。

（唐·李商隐《贾生》）

白话 我这个老头儿姑且再发一次少年的豪情，一手牵着黄犬，一手擎着苍鹰。

古诗文 老夫聊发少年狂，左牵黄，右擎苍。

（北宋·苏轼《江城子·密州出猎》）

白话 想要看到更远的地方，就要再登上一层楼。

古诗文 欲穷千里目，更上一层楼。

（唐·王之涣《登鹳雀楼》）

`白话` ▶ 我横刀向天放声大笑，无论生死去留，心中的忠诚与胆气都像昆仑山那样坚定高远。

`古诗文` ▶ 我自横刀向天笑，去留肝胆两昆仑。

（清·谭嗣同《狱中题壁》）

`白话` ▶ 世人都混浊不清，只有我保持清明；世上的人都沉醉不醒，只有我清醒。

`古诗文` ▶ 举世皆浊我独清，众人皆醉我独醒。

（战国·屈原《渔父》）

`白话` ▶ 一个人独自学习而没有朋友交流，就会见识浅陋、见闻狭窄。

`古诗文` ▶ 独学而无友，则孤陋而寡闻。

（《礼记·学记》）

`白话` ▶ 胜利固然令人高兴，失败也值得喜悦。

`古诗文` ▶ 胜固欣然，败亦可喜。

（北宋·苏轼《观棋》）

妙语连珠

白话 眼前有许多难以忍受的事，自古以来男子就应当自强不息。

古诗文 眼前多少难甘事，自古男儿当自强。

（唐·李咸用《送人》）

白话 即使处境贫困，也更加坚定，不会丢弃高远的志向。

古诗文 穷且益坚，不坠青云之志。

（唐·王勃《滕王阁序》）

白话 希望你学习长青的松树，千万不要做随春凋零的桃李。

古诗文 愿君学长松，慎勿作桃李。

（唐·李白《赠韦侍御黄裳二首·其一》）

白话 不要说谗言像波浪那样可怕，不要说被贬的人就像沉沙那样无力翻身。

古诗文 莫道谗言如浪深，莫言迁客似沙沉。

（唐·刘禹锡《浪淘沙·其八》）

白话▶ 我希望能长出两只翅膀，飞向四面八方，追求更高的境界和更广阔的天地。

古诗文▶ 我愿生两翅，捕逐出八荒。

（唐·韩愈《调张籍》）

白话▶ 男子汉最宝贵的是不屈不挠，成败又有什么值得计较的？

古诗文▶ 丈夫贵不挠，成败何足论？

（南宋·陆游《入瞿唐登白帝庙》）

白话▶ 少年的志向应当如凌云般高远，谁会因处境贫寒而坐着叹息？

古诗文▶ 少年心事当拏云，谁念幽寒坐呜呃。

（唐·李贺《致酒行》）

白话▶ 即使前方有千万人阻挡，我也会毫不犹豫地前行。

古诗文▶ 虽千万人，吾往矣。

（《孟子·公孙丑上》）

妙语连珠

白话 风雨交加如同黑夜，雄鸡的啼叫却始终不止。

古诗文 风雨如晦，鸡鸣不已。

（《诗经·郑风·风雨》）

白话 到了危难时刻，节操才会显现；这些事迹都将被记录在史册中。

古诗文 时穷节乃见，一一垂丹青。

（南宋·文天祥《正气歌》）

白话 宁可做破碎的美玉，也不做完整的瓦片。

古诗文 宁为玉碎，不为瓦全。

（唐·李百药《北齐书·元景安传》）

白话 道路虽然艰难又漫长，但只要坚持前行，就一定能够到达。

古诗文 道阻且长，行则将至。

（《荀子·修身》）

第五章

田园篇

田园，是心灵的栖息地，是远离喧嚣的净土。这里，春耕夏耘，秋收冬藏，四季流转，万物生长。在这片土地上，人与自然和谐共生，每一寸泥土都饱含深情，每一声虫鸣都诉说着岁月的故事。让我们走进田园，品味那份宁静与质朴，感受物我两忘的美好境界。

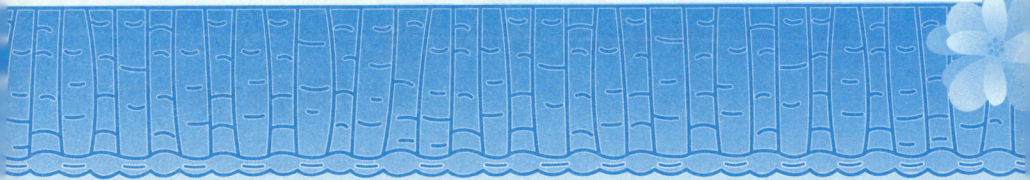

妙语连珠

白话 ▶ 春雨伴随着夜风悄悄而至，滋润万物却没有一点声响。

古诗文 ▶ 随风潜入夜，润物细无声。

（唐·杜甫《春夜喜雨》）

白话 ▶ 满园的春色无法被关住，一枝红杏早已探出墙头。

古诗文 ▶ 春色满园关不住，一枝红杏出墙来。

（南宋·叶绍翁《游园不值》）

白话 ▶ 几只早来的黄莺在争占温暖的树枝，新归来的燕子在衔着春泥筑巢。

古诗文 ▶ 几处早莺争暖树，谁家新燕啄春泥。

（唐·白居易《钱塘湖春行》）

白话 ▶ 春风随着春天一同归来，吹开了枝头上的花朵。

古诗文 ▶ 东风随春归，发我枝上花。

（唐·李白《落日忆山中》）

白话 耕种了一千亩地，收获了许多粮食，但牛已经筋疲力尽。

古诗文 耕犁千亩实千箱，力尽筋疲谁复伤。

（宋·李纲《病牛》）

白话 细细的杏花春雨似要打湿衣裳，轻拂脸颊的柳风却一点也不寒冷。

古诗文 沾衣欲湿杏花雨，吹面不寒杨柳风。

（宋·志南《绝句》）

白话 盛夏中午，烈日炎炎，农民还在劳作，汗珠滴入泥土。

古诗文 锄禾日当午，汗滴禾下土。

（唐·李绅《悯农二首·其二》）

白话 竹林外两三枝桃花初放，水中嬉戏的鸭子最先察觉到春天的到来。

古诗文 竹外桃花三两枝，春江水暖鸭先知。

（北宋·苏轼《惠崇春江晚景二首·其一》）

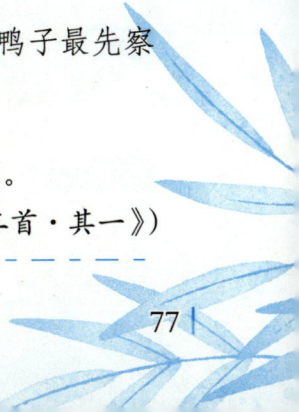

妙语连珠

白话 ▶ 冬天的时候跟读书人学习，等到春天天气暖和了，跟乡亲们一起去田里干活。

古诗文 ▶ 三冬暂就儒生学，千耦还从父老耕。

（南宋·陆游《观村童戏溪上》）

白话 ▶ 嫩荷刚刚露出尖尖的角，早已有蜻蜓停落在上面。

古诗文 ▶ 小荷才露尖尖角，早有蜻蜓立上头。

（宋·杨万里《小池》）

白话 ▶ 虫鸣不歇的茂密竹林树丛中，不时有阵阵凉意袭来，但并不是风。

古诗文 ▶ 竹深树密虫鸣处，时有微凉不是风。

（宋·杨万里《夏夜追凉》）

白话 ▶ 明月掠过枝头惊醒了喜鹊，清风在半夜里传来蝉的鸣叫。

古诗文 ▶ 明月别枝惊鹊，清风半夜鸣蝉。

（南宋·辛弃疾《西江月·夜行黄沙道中》）

白话 在靠近三条路的旁边种果树，种上上千棵，就能形成一片树荫。

古诗文 卜邻近三径，植果盈千树。

（唐·孟浩然《田园作》）

白话 满园菊花瑟瑟飘摇。花蕊花香充满寒意，蝴蝶蜜蜂难以到来。

古诗文 飒飒西风满院栽，蕊寒香冷蝶难来。

（唐·黄巢《题菊花》）

白话 绿树成荫，夏日漫长，楼台的倒影映入池塘中。

古诗文 绿树阴浓夏日长，楼台倒影入池塘。

（唐·高骈《山亭夏日》）

白话 园中的葵菜青翠茂盛，早晨的露水正等待阳光晒干。

古诗文 青青园中葵，朝露待日晞。

（汉乐府《长歌行》）

妙语连珠

白话 ▶ 年幼的孩子还不懂耕织的意义，也在桑树下跟着学种瓜。

古诗文 ▶ 童孙未解供耕织，也傍桑阴学种瓜。

(南宋·范成大《夏日田园杂兴·其三十一》)

白话 ▶ 停下马车因为喜爱傍晚的枫林，经霜的枫叶比二月的春花还要红艳。

古诗文 ▶ 停车坐爱枫林晚，霜叶红于二月花。

(唐·杜牧《山行》)

白话 ▶ 雨刚停，两岸的居民开始收红豆。树荫下，她们既忙碌又开心。

古诗文 ▶ 两岸人家微雨后，收红豆，树底纤纤抬素手。

(五代·欧阳炯《南乡子·路入南中》)

白话 ▶ 四海之内没有闲置的田地，农夫却仍然被饿死。

古诗文 ▶ 四海无闲田，农夫犹饿死。

(唐·李绅《悯农二首·其一》)

白话 农家一年到头很少有空闲，五月时人们尤其辛劳。

古诗文 田家少闲月，五月人倍忙。

（唐·白居易《观刈麦》）

白话 荒芜的山地尚可开垦种田，农具和种子也还容易准备。

古诗文 山荒聊可田，钱镈还易办。

（明·王守仁《谪居粮绝请学于农将田南山咏言寄怀》）

白话 没有冬天的严寒肃杀，又怎能显出春天的温暖和生机？

古诗文 严冬不肃杀，何以见阳春。

（唐·吕温《孟冬蒲津关河亭作》）

白话 老朋友准备了丰盛的饭菜，邀请我到他的农家做客。

古诗文 故人具鸡黍，邀我至田家。

（唐·孟浩然《过故人庄》）

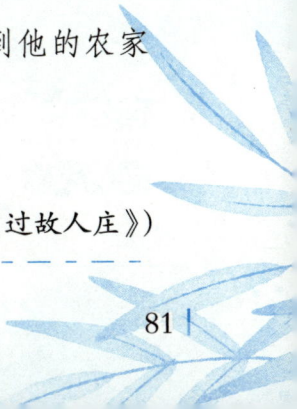

81

妙语连珠

`白话` ▶ 远处的村庄朦胧可见，村落中的炊烟袅袅升起。

`古诗文` ▶ 暧暧远人村，依依墟里烟。

（东晋·陶渊明《归园田居·其一》）

`白话` ▶ 打开窗户正对着田园菜地，举杯饮酒闲谈农事。

`古诗文` ▶ 开轩面场圃，把酒话桑麻。

（唐·孟浩然《过故人庄》）

`白话` ▶ 流水声中传来狗叫，桃花沾着露水显得格外鲜艳。

`古诗文` ▶ 犬吠水声中，桃花带露浓。

（唐·李白《访戴天山道士不遇》）

`白话` ▶ 牧童骑在牛背上侧身而坐，随口吹着没有曲调的短笛。

`古诗文` ▶ 牧童归去横牛背，短笛无腔信口吹。

（南宋·雷震《村晚》）

`白话` ▶ 深巷中传来狗叫声，桑树顶上传来鸡鸣声。

`古诗文` ▶ 狗吠深巷中，鸡鸣桑树颠。

（东晋·陶渊明《归园田居·其一》）

白话 ▶ 桃花红中带着昨夜的雨水，柳叶绿中缭绕着清晨的雾气。

古诗文 ▶ 桃红复含宿雨，柳绿更带朝烟。

（唐·王维《田园乐七首·其六》）

白话 ▶ 野花向来客盛开仿佛含笑，芳草挽留人意显得悠然闲适。

古诗文 ▶ 野花向客开如笑，芳草留人意自闲。

（宋·欧阳修《再至西都》）

白话 ▶ 秋天的阴云久久不散，霜降得也晚；留下的枯荷，还能听见雨滴声声。

古诗文 ▶ 秋阴不散霜飞晚，留得枯荷听雨声。

（唐·李商隐《宿骆氏亭寄怀崔雍崔衮》）

白话 ▶ 在东篱之下采摘菊花，悠然之间望见了南山。

古诗文 ▶ 采菊东篱下，悠然见南山。

（东晋·陶渊明《饮酒·其五》）

妙语连珠

白话 谁知道盘中的餐食，每一粒都饱含着辛苦。

古诗文 谁知盘中餐，粒粒皆辛苦。

（唐·李绅《悯农二首·其二》）

白话 傍晚时分，村中炊烟袅袅升起，牧童从山坳深处赶着牛羊回家。

古诗文 暧暧村烟暮，牧童出深坞。

（唐·成彦雄《村行》）

白话 四季的景色各不相同，而其中的乐趣也无穷无尽。

古诗文 四时之景不同，而乐亦无穷也。

（宋·欧阳修《醉翁亭记》）

白话 你看那收获稻谷之时，每一粒都饱满如脂，散发着清香。

古诗文 君看获稻时，粒粒脂膏香。

（清·黄燮清《秋日田家杂咏》）

白话 春风就像贵客一样，一到来便让万物变得繁盛美丽。

古诗文 春风如贵客，一到便繁华。

（清·袁枚《春风》）

白话 千山落叶，天地辽阔清远；澄澈的江水中，一道月光分外清明。

古诗文 落木千山天远大，澄江一道月分明。

（北宋·黄庭坚《登快阁》）

白话 晴天里暖风吹拂，带来了麦子的香气。树荫下幽深的草丛，此时比花朵盛开时更让人喜爱。

古诗文 晴日暖风生麦气，绿阴幽草胜花时。

（宋·王安石《初夏即事》）

白话 轻易就能从万紫千红中认出春风的面貌，满园繁花正是春天的象征。

古诗文 等闲识得东风面，万紫千红总是春。

（宋·朱熹《春日》）

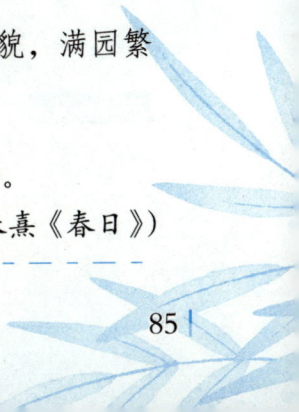

妙语连珠

白话 ▶ 田埂外流水在阳光下闪闪发光，苍翠的山峰突兀出现在山脊背后。

古诗文 ▶ 白水明田外，碧峰出山后。

（唐·王维《新晴野望》）

白话 ▶ 台阶前的短草整齐地生长在湿泥上，院中的树枝在偶尔的微风中轻轻摇曳。

古诗文 ▶ 阶前短草泥不乱，院里长条风乍稀。

（唐·杜甫《雨不绝》）

白话 ▶ 小鸟栖息在池边的树上，月夜中僧人轻轻敲门拜访。

古诗文 ▶ 鸟宿池边树，僧敲月下门。

（唐·贾岛《题李凝幽居》）

白话 ▶ 草木有其自然本性，又何必渴求被美人采摘？

古诗文 ▶ 草木有本心，何求美人折。

（唐·张九龄《感遇十二首·其一》）

白话 ▶ 山花映照山谷仿佛燃烧着溪水，一树树花枝美得令人迷醉。

古诗文 ▶ 山花照坞复烧溪，树树枝枝尽可迷。

（唐·钱起《山花》）

白话 ▶ 道路狭窄草木茂盛，傍晚的露水打湿了我的衣裳。

古诗文 ▶ 道狭草木长，夕露沾我衣。

（东晋·陶渊明《归园田居·其三》）

白话 ▶ 草原上风吹草低的时候，便能看见隐在草中的牛羊。

古诗文 ▶ 风吹草低见牛羊。

（南北朝《敕勒歌》）

白话 ▶ 天空碧蓝，大地铺满黄叶，秋色与水波相连，水面上浮着翠绿的寒烟。

古诗文 ▶ 碧云天，黄叶地，秋色连波，波上寒烟翠。

（宋·范仲淹《苏幕遮》）

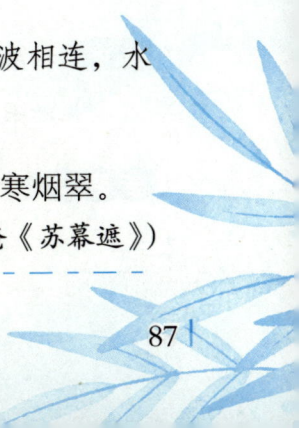

87

妙语连珠

白话 ▶ 手中握着青苗插满稻田，低下头就能看见水中的天空。

古诗文 ▶ 手把青秧插满田，低头便见水中天。

（后梁·布袋和尚《插秧诗》）

白话 ▶ 农忙时没有一个人空闲，全家老少都到田地里劳作。

古诗文 ▶ 农月无闲人，倾家事南亩。

（唐·王维《新晴野望》）

白话 ▶ 桑林旁是正在耕作的老农，牧童也扛着锄头在一旁帮忙。

古诗文 ▶ 桑野就耕父，荷锄随牧童。

（唐·孟浩然《田家元日》）

白话 ▶ 清晨耕作时翻起带露的青草，夜晚船桨敲击着溪中的石头发出回响。

古诗文 ▶ 晓耕翻露草，夜榜响溪石。

（唐·柳宗元《溪居》）

白话▶ 农夫扛着锄头回来了，见面时亲切地交谈着。

古诗文▶ 田夫荷锄至，相见语依依。

（唐·王维《渭川田家》）

白话▶ 老人和小孩都快乐地生活在一起，悠然自得。

古诗文▶ 黄发垂髫，并怡然自乐。

（东晋·陶渊明《桃花源记》）

白话▶ 平坦的田野里吹着远来的春风，庄稼长势良好。

古诗文▶ 平畴交远风，良苗亦怀新。

（东晋·陶渊明《癸卯岁始春怀古田舍二首》）

白话▶ 相见时没有多余的话语，只是谈起田里的庄稼的生长情况。

古诗文▶ 相见无杂言，但道桑麻长。

（东晋·陶渊明《归园田居·其二》）

白话▶ 房前屋后有十几亩地，茅草屋有八九间。

古诗文▶ 方宅十余亩，草屋八九间。

（东晋·陶渊明《归园田居·其一》）

妙语连珠

白话 ▶ 豆子种在南山下，杂草丛生，豆苗长得稀稀落落。

古诗文 ▶ 种豆南山下，草盛豆苗稀。

（东晋·陶渊明《归园田居·其三》）

白话 ▶ 白天忙着在田里除草，晚上纺麻线，村里的男女老少各司其职。

古诗文 ▶ 昼出耘田夜绩麻，村庄儿女各当家。

（南宋·范成大《夏日田园杂兴·其三十一》）

白话 ▶ 雨水充足，高地田里泛白水光，农人披蓑衣在半夜耕作。

古诗文 ▶ 雨足高田白，披蓑半夜耕。

（唐·崔道融《田上》）

白话 ▶ 夕阳照着村庄，深巷中牛羊纷纷归来。

古诗文 ▶ 斜阳照墟落，穷巷牛羊归。

（唐·王维《渭川田家》）

第六章
行旅篇

　　人生是一场永不停歇的旅行，我们都是行者。在启程与归途之间，山峦、水域、古城、荒漠都留下了我们的足迹。每一段路程都充满未知与惊喜，每一次邂逅都触动心灵。让我们跟随文字的脚步，伴着古诗的韵味，踏上这充满诗意的行旅，在山川湖海间找寻自我，感悟人生。

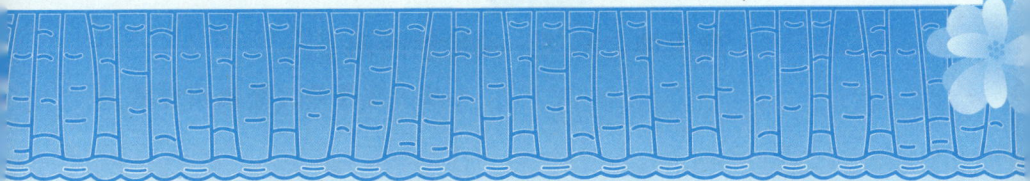

妙语连珠

白话▶ 清晨出发时车铃声响起，旅人因思念故乡而感到悲伤。

古诗文▶ 晨起动征铎，客行悲故乡。

（唐·温庭筠《商山早行》）

白话▶ 独自登上高楼，极目望向遥远的天涯之路。

古诗文▶ 独上高楼，望尽天涯路。

（北宋·晏殊《蝶恋花·槛菊愁烟兰泣露》）

白话▶ 独自坐在幽深的竹林中，一边弹琴一边放声长啸。

古诗文▶ 独坐幽篁里，弹琴复长啸。

（唐·王维《竹里馆》）

白话▶ 想到天地的辽阔无边，心中无限悲怆，不禁流下眼泪。

古诗文▶ 念天地之悠悠，独怆然而涕下。

（唐·陈子昂《登幽州台歌》）

白话 清晨的细雨打湿了地上的灰尘，客舍前的柳色显得格外清新。

古诗文 渭城朝雨浥轻尘，客舍青青柳色新。

（唐·王维《送元二使安西》）

白话 远远看去，石径斜通寒山深处，白云深处隐约可见人家。

古诗文 远上寒山石径斜，白云生处有人家。

（唐·杜牧《山行》）

白话 偶然遇到山林中的老翁，说说笑笑忘记了返回的时间。

古诗文 偶然值林叟，谈笑无还期。

（唐·王维《终南别业》）

白话 潮水平静，两岸显得更加宽阔，顺风之下，一叶孤帆高挂。

古诗文 潮平两岸阔，风正一帆悬。

（唐·王湾《次北固山下》）

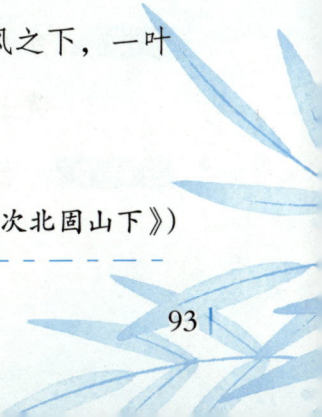

妙语连珠

白话 ▶ 那一叶孤帆的身影在蓝天尽头渐渐消失，只见长
江在天边奔流。

古诗文 ▶ 孤帆远影碧空尽，唯见长江天际流。

（唐·李白《黄鹤楼送孟浩然之广陵》）

- -

白话 ▶ 瀑布像从天而降般飞泻而下，好像银河从九天之
上倾泻而来。

古诗文 ▶ 飞流直下三千尺，疑是银河落九天。

（唐·李白《望庐山瀑布》）

- -

白话 ▶ 千里江南春色中，黄莺啼叫，绿树掩映着红花，
村庄与山城间，随风飘着酒旗。

古诗文 ▶ 千里莺啼绿映红，水村山郭酒旗风。

（唐·杜牧《江南春》）

- -

白话 ▶ 令人悲伤的是秦汉旧地，如今万间宫殿都已化为
黄土。

古诗文 ▶ 伤心秦汉经行处，宫阙万间都做了土。

（元·张养浩《山坡羊·潼关怀古》）

白话 ▶ 当年的歌舞楼台，如今都已被风雨摧残，昔日繁华不再。

古诗文 ▶ 舞榭歌台，风流总被雨打风吹去。

（南宋·辛弃疾《永遇乐·京口北固亭怀古》）

白话 ▶ 黑云如翻墨般滚动还未遮住山峰，骤雨就已如跳珠般纷乱打入船中。

古诗文 ▶ 黑云翻墨未遮山，白雨跳珠乱入船。

（北宋·苏轼《六月二十七日望湖楼醉书》）

白话 ▶ 青山横亘在城北，清澈的河水环绕着东城。

古诗文 ▶ 青山横北郭，白水绕东城。

（唐·李白《送友人》）

白话 ▶ 秋风引发了客子的诸多愁思，旅途奔波令人厌倦艰辛。

古诗文 ▶ 秋风多客思，行旅厌艰辛。

（唐·祖咏《酬汴州李别驾赠》）

妙语连珠

白话 清明节时细雨纷飞，路上的行人悲伤欲绝。

古诗文 清明时节雨纷纷，路上行人欲断魂。

（唐·杜牧《清明》）

白话 独自在异乡成为陌生的客人，每到佳节就更加思念亲人。

古诗文 独在异乡为异客，每逢佳节倍思亲。

（唐·王维《九月九日忆山东兄弟》）

白话 停下船只向你打听，或许你就是我同乡。

古诗文 停船暂借问，或恐是同乡。

（唐·崔颢《长干行·君家何处住》）

白话 大家都是漂泊天涯的落魄人，相遇又何必相识呢？

古诗文 同是天涯沦落人，相逢何必曾相识。

（唐·白居易《琵琶行》）

白话 人静时桂花悄然飘落，春夜的山中空旷寂静。

古诗文 人闲桂花落，夜静春山空。

（唐·王维《鸟鸣涧》）

白话▶ 山路回旋再也看不见你，雪地上只留下一行马蹄印。

古诗文▶ 山回路转不见君，雪上空留马行处。

（唐·岑参《白雪歌送武判官归京》）

白话▶ 温暖的春风吹得游客都陶醉了，他们竟把杭州当成了汴京。

古诗文▶ 暖风熏得游人醉，直把杭州作汴州。

（宋·林升《题临安邸》）

白话▶ 抬头仰望明亮的圆月，低头思念远方的故乡。

古诗文▶ 举头望明月，低头思故乡。

（唐·李白《静夜思》）

白话▶ 绿色布满山坡，白色充满田川，在布谷鸟叫声中，细雨如烟般飘洒。

古诗文▶ 绿遍山原白满川，子规声里雨如烟。

（南宋·翁卷《乡村四月》）

妙语连珠

白话 ▶ 在梦中不知自己是身在异地，只贪图短暂的欢乐。

古诗文 ▶ 梦里不知身是客，一晌贪欢。

（南唐·李煜《浪淘沙令·帘外雨潺潺》）

白话 ▶ 默默无言地独自登上西楼，只见月牙如钩挂在天边。

古诗文 ▶ 无言独上西楼，月如钩。

（南唐·李煜《相见欢·无言独上西楼》）

白话 ▶ 在长安漂泊半年，如今踏上归途。

古诗文 ▶ 半载长安客意寒，一鞭归兴旧家山。

（宋·李若水《归家》）

白话 ▶ 细雨刚过，小荷叶在风中轻翻，石榴花也正红艳绽放。

古诗文 ▶ 微雨过，小荷翻，榴花开欲然。

（北宋·苏轼《阮郎归·初夏》）

白话 阳光照在原野上，泛起层层微波；远天高空，云气缥缈如同叠嶂。

古诗文 照野弥弥浅浪，横空隐隐层霄。

（北宋·苏轼《西江月·顷在黄州》）

白话 停下车是因为喜欢这枫林傍晚的美，霜叶的红艳胜过二月的春花。

古诗文 停车坐爱枫林晚，霜叶红于二月花。

（唐·杜牧《山行》）

白话 虽然夕阳无限美好，可惜的是已接近黄昏时刻，美好转瞬而逝。

古诗文 夕阳无限好，只是近黄昏。

（唐·李商隐《乐游原》）

白话 黄昏时分行人渐渐稀少，风雪在深山中纷乱地吹卷。

古诗文 行人日暮少，风雪乱山深。

（北宋·孔平仲《寄内》）

妙语连珠

白话 傍晚的山林弥漫着清新的气息，飞鸟成群结伴，归巢而去。

古诗文 山气日夕佳，飞鸟相与还。

(东晋·陶渊明《饮酒·其五》)

白话 水田一片迷蒙，白鹭飞翔；浓荫树下，黄鹂婉转啼叫。

古诗文 漠漠水田飞白鹭，阴阴夏木啭黄鹂。

(唐·王维《积雨辋川庄作》)

白话 不要担心前路没有知己，普天下谁人不识你这般有才之人？

古诗文 莫愁前路无知己，天下谁人不识君。

(唐·高适《别董大·其一》)

白话 柴门外传来狗叫声，有人冒着风雪在夜色中归来。

古诗文 柴门闻犬吠，风雪夜归人。

(唐·刘长卿《逢雪宿芙蓉山主人》)

白话 小孩子飞快奔跑着追逐黄蝴蝶，蝴蝶飞进菜花丛中便找不到了。

古诗文 儿童急走追黄蝶，飞入菜花无处寻。

（宋·杨万里《宿新市徐公店》）

白话 在山中安静地欣赏早开的木槿花，在松树下吃斋时采摘带露的葵菜。

古诗文 山中习静观朝槿，松下清斋折露葵。

（唐·王维《积雨辋川庄作》）

白话 夜深时安静地躺着，听不见虫鸣；明亮的月光从山岭升起，照进了屋门。

古诗文 夜深静卧百虫绝，清月出岭光入扉。

（唐·韩愈《山石》）

白话 明月照耀在松林之间，清泉在石头上缓缓流淌。

古诗文 明月松间照，清泉石上流。

（唐·王维《山居秋暝》）

妙语连珠

白话 南朝时期有四百八十多座寺庙，多少楼台如今都笼罩在江南烟雨之中。

古诗文 南朝四百八十寺，多少楼台烟雨中。

（唐·杜牧《江南春》）

白话 湖水平静如镜，低垂的云脚轻轻拂过水面，仿佛天地相接。

古诗文 水面初平云脚低。

（唐·白居易《钱塘湖春行》）

白话 傍晚时分在江南听到竹枝词，南方人尽情行乐，而北方人却满怀忧愁。

古诗文 日暮江南闻竹枝，南人行乐北人悲。

（唐·刘禹锡《踏歌词四首·其四》）

白话 朱雀桥边长满野草和野花，乌衣巷口夕阳斜照，尽显荒凉。

古诗文 朱雀桥边野草花，乌衣巷口夕阳斜。

（唐·刘禹锡《乌衣巷》）

白话▶ 旅途在青山之外延伸，行船在绿水前方行驶。

古诗文▶ 客路青山外，行舟绿水前。

（唐·王湾《次北固山下》）

白话▶ 姑苏城外的寒山寺中，半夜的钟声传到了客船上。

古诗文▶ 姑苏城外寒山寺，夜半钟声到客船。

（唐·张继《枫桥夜泊》）

白话▶ 傍晚时分远山苍茫，天气寒冷，住处简陋而贫穷。

古诗文▶ 日暮苍山远，天寒白屋贫。

（唐·刘长卿《逢雪宿芙蓉山主人》

白话▶ 新丰的美酒价格昂贵，每斗值十千钱，咸阳的游侠哟，英姿飒爽，都是青春少年。

古诗文▶ 新丰美酒斗十千，咸阳游侠多少年。

（唐·王维《少年行四首·其一》）

妙语连珠

白话 ▶ 落日余晖洒在江面，水面一半清冷如玉，一半灿烂如火。

古诗文 ▶ 一道残阳铺水中，半江瑟瑟半江红。

（唐·白居易《暮江吟》）

白话 ▶ 林荫依旧浓密，路的尽头依然葱茏，只是多了几声黄鹂清啼，添了几分闲适。

古诗文 ▶ 绿阴不减来时路，添得黄鹂四五声。

（宋·曾几《三衢道中》）

白话 ▶ 寄居在并州的客舍已经十年，思乡的心日日夜夜想念着咸阳。

古诗文 ▶ 客舍并州已十霜，归心日夜忆咸阳。

（唐·刘皂《旅次朔方》）

白话 ▶ 驾车从魏国都城出发，向南望去可见吹台的遗址。

古诗文 ▶ 驾言发魏都，南向望吹台。

（魏晋·阮籍《咏怀》）

白话▶ 仰天大笑着走出家门，我们这样的人怎么会是无用草莽？

古诗文▶ 仰天大笑出门去，我辈岂是蓬蒿人。

（唐·李白《南陵别儿童入京》）

白话▶ 黄四娘家的小路两旁开满花朵，成千上万压得枝头都低垂了。

古诗文▶ 黄四娘家花满蹊，千朵万朵压枝低。

（唐·杜甫《江畔独步寻花·其六》）

白话▶ 湖面上秋月洒下清辉，风平浪静，像未曾打磨的铜镜，光亮而宁静。

古诗文▶ 湖光秋月两相和，潭面无风镜未磨。

（唐·刘禹锡《望洞庭》）

白话▶ 树木和藤蔓交织成帷幕，围绕着山潭。

古诗文▶ 青树翠蔓，蒙络摇缀。

（唐·柳宗元《小石潭记》）

妙语连珠

白话 ▶ 不必理会风穿树林打落叶子的声音，不妨吟着诗慢慢前行。

古诗文 ▶ 莫听穿林打叶声，何妨吟啸且徐行。

（北宋·苏轼《定风波·莫听穿林打叶声》）

白话 ▶ 相互注视却互不生厌，唯有眼前的敬亭山。

古诗文 ▶ 相看两不厌，只有敬亭山。

（唐·李白《独坐敬亭山》）

白话 ▶ 独自走出门前望向田野，明亮的月光下，荞麦花洁白如雪。

古诗文 ▶ 独出门前望野田，月明荞麦花如雪。

（唐·白居易《村夜》）

白话 ▶ 小船行驶在碧绿的水面上，人仿佛在画卷中游览。

古诗文 ▶ 舟行碧波上，人在画中游。

（唐·王维《周庄河》）

白话▶ 春天将尽，江水依然东流不止；夜里月亮渐渐西沉，映在江边的水面上。

古诗文▶ 江水流春去欲尽，江潭落月复西斜。

（唐·张若虚《春江花月夜》）

白话▶ 内心安定之处，就是我心中的故乡。

古诗文▶ 此心安处是吾乡。

（北宋·苏轼《定风波·南海归赠王定国侍人寓娘》）

白话▶ 成双的燕子何时归来？两岸的桃花正垂入水中盛开。

古诗文▶ 双飞燕子几时回？夹岸桃花蘸水开。

（宋·徐俯《春游湖》）

白话▶ 旅人在秋风中涌起无限思绪，隔水相望的青山好似故乡。

古诗文▶ 行人无限秋风思，隔水青山似故乡。

（唐·戴叔伦《题稚川山水》）

妙语连珠

白话 一片白云悠悠飘去，青枫岸边忧愁不尽。

古诗文 白云一片去悠悠，青枫浦上不胜愁。

（唐·张若虚《春江花月夜》）

白话 春水碧绿胜于蓝天，画船里听着雨声安然入眠。

古诗文 春水碧于天，画船听雨眠。

（唐·韦庄《菩萨蛮·人人尽说江南好》）

白话 一道青山共享风雨，明月何曾将两地分为他乡？

古诗文 青山一道同云雨，明月何曾是两乡。

（唐·王昌龄《送柴侍御》）

白话 星光低垂，照耀着辽阔的平野，月光如水，随滚滚江流奔涌。

古诗文 星垂平野阔，月涌大江流。

（唐·杜甫《旅夜书怀》）

白话 微风吹起细小波浪，波光点点宛如满河星辰。

古诗文 微微风簇浪，散作满河星。

（清·查慎行《舟夜书所见》）

白话 ▶ 年少离乡，年老归来，口音依旧，鬓发却已斑白。

古诗文 ▶ 少小离家老大回，乡音无改鬓毛衰。

（唐·贺知章《回乡偶书二首·其一》）

白话 ▶ 听到故乡的《折杨柳》，哪个人的思乡之情不会因此而油然而生呢？

古诗文 ▶ 此夜曲中闻折柳，何人不起故园情？

（唐·李白《春夜洛城闻笛》）

白话 ▶ 森林里经常能见到小鹿，走到小溪边正好是正午了，但是往常应当响起的钟声，今天却未见响动。

古诗文 ▶ 树深时见鹿，溪午不闻钟。

（唐·李白《访戴天山道士不遇》）

白话 ▶ 家中有琴才算有乐趣，若没有竹子便不成理想之居所。

古诗文 ▶ 有琴方是乐，无竹不成家。

（北宋·王禹偁《闲居》）

109

妙语连珠

白话 青海天边长云遮蔽雪山，远远望见孤城矗立在玉门关外。

古诗文 青海长云暗雪山，孤城遥望玉门关。

(唐·王昌龄《从军行七首·其四》)

白话 夕阳向西沉落，天涯游子心中无限凄伤。

古诗文 夕阳西下，断肠人在天涯。

(元·马致远《天净沙·秋思》)

白话 终南山北面静谧而秀美，积雪堆叠得像浮在云端一样高洁。

古诗文 终南阴岭秀，积雪浮云端。

(唐·祖咏《终南望余雪》)

白话 两岸青山对峙耸立，一叶孤帆从太阳升起的地方缓缓驶来。

古诗文 两岸青山相对出，孤帆一片日边来。

(唐·李白《望天门山》)

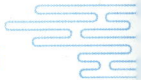

白话 ▶ 黄河好像从白云深处奔流而来，一座孤城矗立在高耸的群山之间。

古诗文 ▶ 黄河远上白云间，一片孤城万仞山。

（唐·王之涣《凉州词二首·其一》）

白话 ▶ 山中有什么呢？山岭上多的是白云缭绕。

古诗文 ▶ 山中何所有，岭上多白云。

（南北朝·陶弘景《诏问山中何所有赋诗以答》）

白话 ▶ 白天登上高山眺望烽火台，黄昏时牵马饮水靠近交河边。

古诗文 ▶ 白日登山望烽火，黄昏饮马傍交河。

（唐·李颀《古从军行》）

白话 ▶ 西塞山前白鹭翩飞，桃花夹岸的流水中鳜鱼肥美。

古诗文 ▶ 西塞山前白鹭飞，桃花流水鳜鱼肥。

（唐·张志和《渔歌子》）

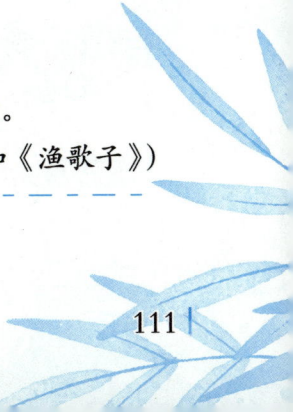

妙语连珠

白话 ▶ 江水碧绿使得水鸟更显洁白，青山衬得花朵如火一般灿烂。

古诗文 ▶ 江碧鸟逾白，山青花欲燃。

（唐·杜甫《绝句二首·其二》）

白话 ▶ 春日阳光和煦，江山一片明丽，春风吹来，花草散发出芬芳香气。

古诗文 ▶ 迟日江山丽，春风花草香。

（唐·杜甫《绝句二首·其一》）

白话 ▶ 江面上的花在朝阳中红得胜似火焰，春天的江水碧绿如蓝。

古诗文 ▶ 日出江花红胜火，春来江水绿如蓝。

（唐·白居易《忆江南·江南好》）

白话 ▶ 两个黄鹂在翠绿的柳树上鸣叫，一行白鹭向晴朗的天空飞去。

古诗文 ▶ 两个黄鹂鸣翠柳，一行白鹭上青天。

（唐·杜甫《绝句》）

第七章
哲思篇

在浩瀚的宇宙和漫长的历史长河中，人类宛如沧海一粟。科技的发展、社会的变迁、自我与他人的关系，都引发我们深深的思考。让我们在这一篇章中，透过古今交织的视角，探索人性的奥秘，思考存在与虚无的真谛，感悟自然与生命的奇迹。

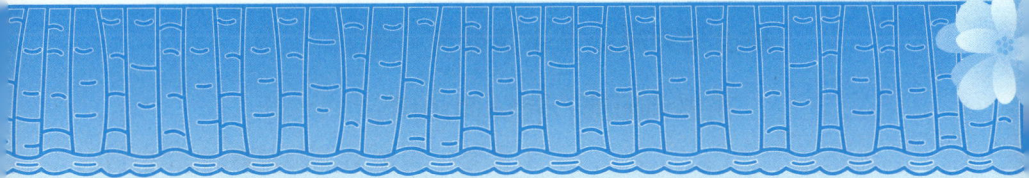

妙语连珠

白话 ▶ 在广袤无垠的天地之间，人类就如同蜉蝣寄生于天地，又似大海中的一粒粟米那般渺小。

古诗文 ▶ 寄蜉蝣于天地，渺沧海之一粟。

（北宋·苏轼《赤壁赋》）

- -

白话 ▶ 人们忙忙碌碌，你方唱罢我登场，却常常迷失自我，把这喧嚣纷扰的名利场错当成了心灵的归宿。

古诗文 ▶ 乱哄哄你方唱罢我登场，反认他乡是故乡。

（清·曹雪芹《红楼梦·好了歌注》）

- -

白话 ▶ 千年之后，谁是贤能谁是愚笨，又有谁能知晓呢？最终都不过是埋没在荒草丛中的一座座坟墓罢了。

古诗文 ▶ 贤愚千载知谁是，满眼蓬蒿共一丘。

（北宋·黄庭坚《清明》）

- -

白话 ▶ 人死去又有什么可诉说的呢？不过是将身体托付给山川大地，与山陵融为一体。

古诗文 ▶ 死去何所道，托体同山阿。

（东晋·陶渊明《拟挽歌辞三首》）

白话 ▶ 看一个人不能只看其表面的人设和一时的行为，需要时间的检验。

古诗文 ▶ 周公恐惧流言日，王莽谦恭未篡时。

（唐·白居易《放言五首·其三》）

白话 ▶ 学习就如同逆水行舟，如果不用力撑船，稍微一松懈，船就会随着水流迅速倒退。

古诗文 ▶ 逆水行舟用力撑，一篙松劲退千寻。

（董必武《题赠送中学生》）

白话 ▶ 心灵也需要时常清理，如同菩提树和明镜台一样，要保持纯净无染，这样才能保持内心的清明和安宁。

古诗文 ▶ 身是菩提树，心如明镜台。

（唐·神秀《偈一》）

白话 ▶ 时光无情，我们都会随着时间的推移而慢慢变老，这是不可抗拒的自然规律。

古诗文 ▶ 最是人间留不住，朱颜辞镜花辞树。

（王国维《蝶恋花·阅尽天涯离别苦》）

妙语连珠

白话 在这短暂的生命里，为了微不足道的小事争吵，实在是浪费生命。

古诗文 蜗牛角上争何事，石火光中寄此身。

（唐·白居易《对酒五首·其二》）

白话 在追逐名利的长安城中，有多少人机关算尽，用尽心思，却活得疲惫不堪。

古诗文 多少长安名利客，机关用尽不如君。

（北宋·黄庭坚《牧童诗》）

白话 每个人都是独立的个体，他人的感受我们无法真正体会，所以不要轻易对他人的感受妄加评判。

古诗文 子非鱼，安知鱼之乐。

（战国·庄子及门徒《庄子·秋水》）

白话 只有多读书，不断汲取新的知识，才能保持思想的活力，让自己的思维更加开阔。

古诗文 问渠那得清如许？为有源头活水来。

（南宋·朱熹《观书有感二首·其一》）

白话 ▶ 在时间的长河中，人类不断更迭，而自然却相对
永恒，形成鲜明对比。

古诗文 ▶ 人生代代无穷已，江月年年望相似。

（唐·张若虚《春江花月夜》）

白话 ▶ 只有弹奏过千首曲子，才能真正懂得音乐的美妙。
只有通过不断积累经验，才能成为某方面的行家。

古诗文 ▶ 操千曲而后晓声，观千剑而后识器。

（南朝梁·刘勰《文心雕龙·知音》）

白话 ▶ 了解我的人，知道我心中的忧愁；不了解我的
人，还以为我有什么非分的追求。

古诗文 ▶ 知我者谓我心忧，不知我者谓我何求。

（《诗经·王风·黍离》）

白话 ▶ 总是因为浮云能够遮蔽太阳，使得我看不见长
安，心中满是忧愁。

古诗文 ▶ 总为浮云能蔽日，长安不见使人愁。

（唐·李白《登金陵凤凰台》）

妙语连珠

白话 芳林中新长出的叶子催促着旧叶凋零，流水前面的波浪让位于后面的波浪。

古诗文 芳林新叶催陈叶，流水前波让后波。

（唐·刘禹锡《乐天见示伤微之、敦诗、晦叔三君子，皆有深分，因成是诗以寄》）

白话 宁愿独自享受孤独，也不愿勉强自己融入那些让自己不自在的场合。

古诗文 拣尽寒枝不肯栖，寂寞沙洲冷。

（北宋·苏轼《卜算子·黄州定慧院寓居作》）

白话 取得成功看似容易，背后却付出了巨大的艰辛。

古诗文 看似寻常最奇崛，成如容易却艰辛。

（北宋·王安石《题张司业诗》）

白话 同一件事情，站在不同的角度去看，得出的结论可能会天差地别。

古诗文 横看成岭侧成峰，远近高低各不同。

（北宋·苏轼《题西林壁》）

白话 人生转瞬即逝，匆匆忙忙来不及细细品味。我们应珍惜时光，把握当下。

古诗文 人生天地之间，若白驹之过隙，忽然而已。

（《庄子·知北游》）

白话 遭遇挫折不必沮丧，新的机遇往往会在挫折之后接踵而至，要保持积极乐观的心态。

古诗文 沉舟侧畔千帆过，病树前头万木春。

（唐·刘禹锡《酬乐天扬州初逢席上见赠》）

白话 时间无情地改变着一切，就连记忆也会随着岁月的流逝逐渐模糊。

古诗文 闲云潭影日悠悠，物换星移几度秋。

（唐·王勃《滕王阁诗》）

白话 学会洞察世事、理解人情，才能更好地在社会中生存。

古诗文 世事洞明皆学问，人情练达即文章。

（清·曹雪芹《宁府上房对联》）

妙语连珠

白话 ▶ 世事变化无常，令人感慨万千，繁华可能转瞬即逝。

古诗文 ▶ 眼看他起朱楼，眼看他宴宾客，眼看他楼塌了！

（清·孔尚任《桃花扇》）

- - - - - - - - - - - - - - - - - -

白话 ▶ 想到明天小路上应该会落满落花，春天就这样匆匆离去，徒增伤感，让人感叹美好时光的短暂。

古诗文 ▶ 风不定，人初静，明日落红应满径。

（北宋·张先《天仙子·水调数声持酒听》）

- - - - - - - - - - - - - - - - - -

白话 ▶ 现实世界纷繁复杂，真假难辨。

古诗文 ▶ 假作真时真亦假，无为有处有还无。

（清·曹雪芹《红楼梦》）

- - - - - - - - - - - - - - - - - -

白话 ▶ 那种孤独的感觉就如同天地间独自飞翔的沙鸥，无依无靠。

古诗文 ▶ 飘飘何所似，天地一沙鸥。

（唐·杜甫《旅夜书怀》）

白话 石灰经过千锤万凿才从深山中开采出来，它依然坚守自我，展现出坚韧不拔的品质。

古诗文 千锤万凿出深山，烈火焚烧若等闲。

（明·于谦《石灰吟》）

- -

白话 在沧海的月光下，珍珠仿佛是大海的泪珠；蓝田的日光温暖，美玉仿佛升起了轻烟。

古诗文 沧海月明珠有泪，蓝田日暖玉生烟。

（唐·李商隐《锦瑟》）

- -

白话 镜湖方圆三百里，湖面上开满了荷花，让人感受到大自然的生机与美好。

古诗文 镜湖三百里，菡萏发荷花。

（唐·李白《子夜吴歌·夏歌》）

- -

白话 野草的生命力极其顽强，即使遭遇野火焚烧，只要春风一吹，它又能重新焕发生机。

古诗文 野火烧不尽，春风吹又生。

（唐·白居易《赋得古原草送别》）

- -

妙语连珠

白话▶ 它凋落后化作春泥，继续滋养着新的生命，体现
出一种无私奉献的精神，让生命得以延续。

古诗文▶ 落红不是无情物，化作春泥更护花。

(清·龚自珍《己亥杂诗·其五》)

白话▶ 社会贫富差距如此悬殊，令人感到悲哀和无奈。

古诗文▶ 朱门酒肉臭，路有冻死骨。

(唐·杜甫《自京赴奉先县咏怀五百字》)

白话▶ 曾经的宏伟如今已荒废，成为历史的遗迹，感叹
世事变化无常、历史的沧桑变迁。

古诗文▶ 南朝四百八十寺，多少楼台烟雨中。

(唐·杜牧《江南春》)

白话▶ 折断的戟沉在泥沙中，历经岁月却还未销蚀，将
它磨洗后，辨认出是前朝的遗物。

古诗文▶ 折戟沉沙铁未销，自将磨洗认前朝。

(唐·杜牧《赤壁》)

白话 ▶ 那些只会诋毁他人的人，最终都会身败名裂，被历史遗忘。

古诗文 ▶ 尔曹身与名俱灭，不废江河万古流。

(唐·杜甫《戏为六绝句·其二》)

白话 ▶ 那些浑身穿着绫罗绸缎的人，都不是辛苦养蚕的人。

古诗文 ▶ 遍身罗绮者，不是养蚕人。

(北宋·张俞《蚕妇》)

白话 ▶ 天下的人都熙熙攘攘，为了利益而四处奔波，大家都在追逐着功名利禄。

古诗文 ▶ 天下熙熙，皆为利来；天下壤壤，皆为利往。

(《史记·货殖列传》)

白话 ▶ 遇到人也不会聊人世间的琐事，仿佛他是一个置身于世间之外的人一样。

古诗文 ▶ 逢人不说人间事，便是人间无事人。

(唐·杜荀鹤《赠质上人》)

妙语连珠

白话 ▶ 每个时代都有其独特的英雄，我们应关注当下，为时代的发展贡献力量。

古诗文 ▶ 俱往矣，数风流人物，还看今朝。

（毛泽东《沁园春·雪》）

白话 ▶ 如果后人只是哀叹前人的失败，却不从中吸取教训，那么悲剧将会不断重演。

古诗文 ▶ 后人哀之而不鉴之，亦使后人而复哀后人也。

（唐·杜牧《阿房宫赋》）

白话 ▶ 战争过后，一片荒芜，让人感受到战争的残酷和对和平的渴望。

古诗文 ▶ 国破山河在，城春草木深。

（唐·杜甫《春望》）

白话 ▶ 如果有人的眼界像天一样宽广，就能看到山高月更阔的景象。

古诗文 ▶ 若有人眼大如天，当见山高月更阔。

（明·王阳明《蔽月山房》）

第八章

时节篇

  时光流转，四季更替，日升月落，星辰闪烁。每个时节都有独特的韵味，每段时光都承载着故事。从春时的万物萌蘖到夏炽的热烈奔放，从秋敛的成熟内敛到冬藏的宁静沉淀，让我们在文字中感受时节的魅力，珍惜每一寸光阴，领略时光赋予生活的别样风情。

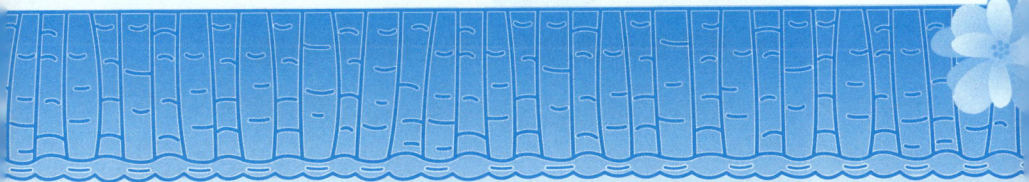

妙语连珠

白话 连绵不断的雨让人没察觉到春天已经过去，天气放晴后才惊觉夏天已经很深了。

古诗文 连雨不知春去，一晴方觉夏深。

（南宋·范成大《喜晴》）

白话 海棠树枝条上长出一层又一层新绿，小小的花蕾藏在其中，只露出几点红色。

古诗文 枝间新绿一重重，小蕾深藏数点红。

（金·元好问《同儿辈赋未开海棠》）

白话 树林间的花朵凋谢，春天就这样匆匆离去。

古诗文 林花谢了春红，太匆匆。

（南唐·李煜《相见欢·林花谢了春红》）

白话 清明时节，细雨纷纷扬扬地下着，路上的行人因思念祖先而心情沉重。

古诗文 清明时节雨纷纷，路上行人欲断魂。

（唐·杜牧《清明》）

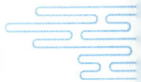

白话▶ 从今夜开始，露水变得更凉更白，还是家乡的月亮看起来最明亮。

古诗文▶ 露从今夜白，月是故乡明。

（唐·杜甫《月夜忆舍弟》）

白话▶ 农民们累得精疲力竭却顾不上炎热，只是珍惜夏日白昼漫长，能多干些活。

古诗文▶ 力尽不知热，但惜夏日长。

（唐·白居易《观刈麦》）

白话▶ 寒山的小路深远幽暗，溪边的水滨冷落寂静，透着阵阵寒意。

古诗文▶ 杳杳寒山道，落落冷涧滨。

（唐·寒山《杳杳寒山道》）

白话▶ 好雨似乎知道时节的变化，正当春天万物生长的时候就下了起来。

古诗文▶ 好雨知时节，当春乃发生。

（唐·杜甫《春夜喜雨》）

妙语连珠

白话▶ 年终时节气律回转，冰霜渐渐减少，春天来到人间，草木似乎最先知晓，纷纷发芽生长。

古诗文▶ 律回岁晚冰霜少，春到人间草木知。

（南宋·张栻《立春偶成》）

白话▶ 街道上小雨如酥油般细密滋润，远远看去有一片草色绿意，但走近了却发现并不明显。

古诗文▶ 天街小雨润如酥，草色遥看近却无。

（唐·韩愈《早春呈水部张十八员外·其一》）

白话▶ 元宵节的夜晚，东风吹开了千万树烟花，像满天繁星如雨般纷纷洒落。

古诗文▶ 东风夜放花千树，更吹落，星如雨。

（南宋·辛弃疾《青玉案·元夕》）

白话▶ 二月的江南，鲜花开满枝头，而漂泊在外的人在寒食节时，面对此景更加思念远方的家乡。

古诗文▶ 二月江南花满枝，他乡寒食远堪悲。

（唐·孟云卿《寒食》）

白话 孩子们放学回来得很早，赶忙趁着东风放风筝，充满童趣。

古诗文 儿童散学归来早，忙趁东风放纸鸢。

（清·高鼎《村居》）

白话 诗人们喜爱的清新景色就在新春，柳树刚刚抽出嫩黄的新芽，颜色还不太均匀。

古诗文 诗家清景在新春，绿柳才黄半未匀。

（唐·杨巨源《城东早春》）

白话 布谷鸟欢快地飞舞，催促人们早早耕种，白鹭趁天晴忙着捕食，一幅热闹的春耕画面。

古诗文 布谷飞飞劝早耕，春锄扑扑趁春晴。

（清·姚鼐《山行·布谷飞飞劝早耕》）

白话 春天的日子渐渐变长，花草树木生长得十分茂盛。

古诗文 春日迟迟，卉木萋萋。

（《诗经·小雅·出车》）

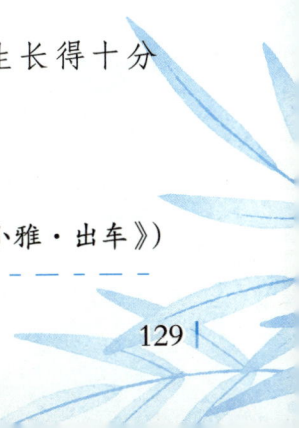

妙语连珠

白话 黄昏时分，鸟儿在乔木上啼叫喧闹，在清明寒食节时，不知谁家传来哭泣声。

古诗文 乌啼鹊噪昏乔木，清明寒食谁家哭。

（唐·白居易《寒食野望吟》）

白话 昨天夜里风声雨声不断，不知道又有多少花朵被吹落了。

古诗文 夜来风雨声，花落知多少。

（唐·孟浩然《春晓》）

白话 山上的杏花零零星星地开放，如红色的碎点；湖面上绿萍平铺开来，好像新铺的地毯，春天的南湖充满生机。

古诗文 乱点碎红山杏发，平铺新绿水蘋生。

（唐·白居易《南湖早春》）

白话 花草树木似乎知道春天即将过去，于是纷纷争奇斗艳，绽放出各种色彩。

古诗文 草树知春不久归，百般红紫斗芳菲。

（唐·韩愈《晚春》）

白话 ▶ 炎热的天气里，白昼格外漫长，汗水湿透了轻薄的罗衣，只能倚靠在画窗边乘凉。

古诗文 ▶ 炎威天气日偏长，汗湿轻罗倚画窗。

（清·智生《夏词》）

白话 ▶ 集市上的人渐渐散去，喧闹的声音也消失了，忧愁的情绪慢慢涌上心头。

古诗文 ▶ 人散市声收，渐入愁时节。

（南宋·刘克庄《生查子·元夕戏陈敬叟》）

白话 ▶ 居处少有人来往，只有空旷的森林与飘渺的白云为伴。

古诗文 ▶ 寂寞柴门人不到，空林独与白云期。

（唐·王维《早秋山中作》）

白话 ▶ 西湖的荷叶一片碧绿，在阳光映照下，荷花显得格外鲜艳娇红。

古诗文 ▶ 接天莲叶无穷碧，映日荷花别样红。

（宋·杨万里《晓出净慈寺送林子方》）

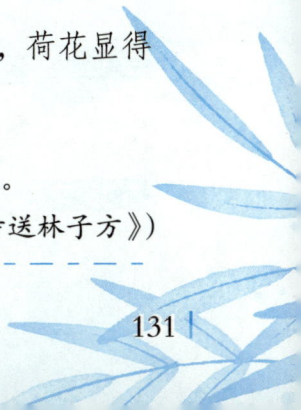

妙语连珠

白话 蕲竹在风中发出声响，好像能吟唱出水底蛟龙的故事，此时在明月下，仿佛会有仙女翩翩起舞。

古诗文 蕲竹能吟水底龙，玉人应在月明中。

（北宋·黄庭坚《大暑水阁听晋卿家昭华吹笛》）

白话 乌云还没来得及遮住山峦，白色的雨点就已纷纷落入船中。

古诗文 黑云翻墨未遮山，白雨跳珠乱入船。

（北宋·苏轼《六月二十七日望湖楼醉书》）

白话 绿色的槐树和高高的柳树中，新蝉发出幽咽的叫声，微微的暖风开始吹拂琴弦，夏天的气息越发浓郁。

古诗文 绿槐高柳咽新蝉，薰风初入弦。

（北宋·苏轼《阮郎归·初夏》）

白话 狂风裹挟着急雨洒落在高城之上，乌云压低，轻雷在地底发出沉闷的声音。

古诗文 风驱急雨洒高城，云压轻雷殷地声。

（明·刘基《五月十九日大雨》）

白话 微风轻轻掀起水晶帘，满架的蔷薇花散发出的香气弥漫了整个院子。

古诗文 水晶帘动微风起，满架蔷薇一院香。

（唐·高骈《山亭夏日》）

白话 雨后的夕阳映照下来，翠绿的山色落在庭院中，树影变得更加清新雅致。

古诗文 夕阳连雨足，空翠落庭阴。

（唐·孟浩然《题大禹寺义公禅房》）

白话 秋雨连绵，天气渐冷，寒蝉的叫声也稀少了，空旷的山中落叶堆积得越来越深。

古诗文 久雨寒蝉少，空山落叶深。

（北宋·秘演《山中》）

白话 黄梅成熟的季节，家家户户都笼罩在细雨之中，长满青草的池塘里处处都能听到青蛙的叫声。

古诗文 黄梅时节家家雨，青草池塘处处蛙。

（南宋·赵师秀《约客》）

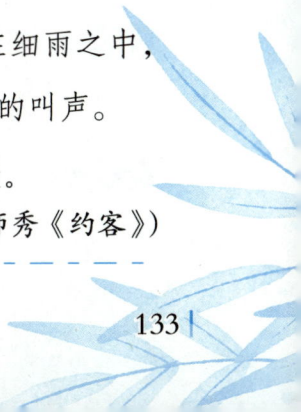

妙语连珠

白话 秋风在渭水上吹起，落叶飘满了整个长安，一片金黄的秋景，给人带来萧瑟之感。

古诗文 秋风生渭水，落叶满长安。

（唐·贾岛《忆江上吴处士》）

白话 春天播下一粒种子，到了秋天就能收获万颗粮食。

古诗文 春种一粒粟，秋收万颗子。

（唐·李绅《悯农二首·其一》）

白话 一场新雨过后，空旷的山中变得格外凉爽，夜晚来临，秋天的气息更加明显。

古诗文 空山新雨后，天气晚来秋。

（唐·王维《山居秋暝》）

白话 明月照耀着九州大地，中秋的夜晚是最团圆的时刻，一家人相聚赏月。

古诗文 万里无云镜九州，最团圆夜是中秋。

（唐·殷文圭《八月十五夜》）

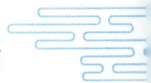

白话 ▶ 在这尘世间，很难遇到让人开心欢笑的时刻，所以在重阳节登高时，要插满头菊花再回家。

古诗文 ▶ 尘世难逢开口笑，菊花须插满头归。

（唐·杜牧《九日齐山登高》）

白话 ▶ 寂静的空山中，松子纷纷掉落，隐居的友人此时应该还没有入睡吧。

古诗文 ▶ 空山松子落，幽人应未眠。

（唐·韦应物《秋夜寄丘二十二员外》）

白话 ▶ 秋风万里，送来了南飞的大雁，面对此景，正好可以登上高楼开怀畅饮。

古诗文 ▶ 长风万里送秋雁，对此可以酣高楼。

（唐·李白《宣州谢朓楼饯别校书叔云》）

白话 ▶ 鸡叫声在茅店外响起，月亮还挂在天空，赶路的人已经早早地出门奔波。

古诗文 ▶ 鸡声茅店月，人迹板桥霜。

（唐·温庭筠《商山早行》）

妙语连珠

在除夕之夜，思念着千里之外的故乡，忧愁得头发都白了，明日又将是新的一年。

故乡今夜思千里，霜鬓明朝又一年。

（唐·高适《除夜作》）

浩瀚的沙漠中，冰雪覆盖，纵横交错的冰层有百丈厚，寒冷无比。

瀚海阑干百丈冰，愁云惨淡万里凝。

（唐·岑参《白雪歌送武判官归京》）

天时和人事逐日相互催逼，冬至一到，阳气渐生，春天又快要来了。

天时人事日相催，冬至阳生春又来。

（唐·杜甫《小至》）

寒冷的冬天即将来临，到处都能听到赶制棉衣时刀尺的声音。

寒衣处处催刀尺，白帝城高急暮砧。

（唐·杜甫《秋兴八首·其一》）

白话 ▶ 年终时，日月交替，白天的时间越来越短，在天
涯漂泊的人，在霜雪初晴的寒夜中倍感孤独。

古诗文 ▶ 岁暮阴阳催短景，天涯霜雪霁寒宵。

（唐·杜甫《阁夜》）

白话 ▶ 遇到冬至节，只能抱着膝盖坐在灯前，只有自己
的影子陪伴着自己。

古诗文 ▶ 邯郸驿里逢冬至，抱膝灯前影伴身。

（唐·白居易《邯郸冬至夜思家》）

白话 ▶ 秋风刮起，白云飘飞，草木枯黄凋落，大雁向南
飞去。

古诗文 ▶ 秋风起兮白云飞，草木黄落兮雁南归。

（西汉·刘彻《秋风辞》）

白话 ▶ 在爆竹声中旧的一年已经过去，人们迎着温暖的
春风开怀畅饮屠苏酒，期盼新的一年充满元气。

古诗文 ▶ 爆竹声中一岁除，春风送暖入屠苏。

（北宋·王安石《元日》）

妙语连珠

白话 ▶ 夜深了，才知道雪下得很大，不时能听到竹子被雪压折的声音。

古诗文 ▶ 夜深知雪重，时闻折竹声。

（唐·白居易《夜雪》）

白话 ▶ 水乡之地，冬日一片萧索，南山的瘦柏也褪去了翠绿的颜色。

古诗文 ▶ 泽国龙蛇冻不伸，南山瘦柏消残翠。

（唐·岑参《冬夕》）

白话 ▶ 东风什么时候到来的呢？不知不觉间，它已经把湖边的山峦染绿了，春天悄无声息地来了。

古诗文 ▶ 东风何时至，已绿湖上山。

（唐·丘为《题农父庐舍》）

白话 ▶ 在清明的夜晚，微风轻柔，月色朦胧，碧色的台阶和红色的轩窗，构成了美丽的夜景。

古诗文 ▶ 好风胧月清明夜，碧砌红轩刺史家。

（唐·白居易《清明夜》）